Contents

※本作品の内容はすべてフィクションです。

序章

「……そんなに子種《こだね》が欲しい？　それがどういうことなのか、わかってる？」

「はい、もちろんです！」

大きな窓の外に、茜色から紫色に移り変わる空の色が見えたが、シルフィアの目に映るのはリューンの艶やかな黒髪と、濃く深い緑色の瞳だった。

ゆったりとした豪勢な革張りのソファに押し倒され、驚きに目を丸くして言葉もないままに、青年の凛と整った顔をみつめる。

胸元にかかった彼の手がゆっくりと紐を解いていくのを感じた。

「リューンさま……？」

なにをするの？　そう問いかけたいのに、すこし苛ついた彼の目に射すくめられてしまい、言葉が出てこない。終始穏やかだったはずのリューンが、なんだか怖い顔をしてシルフィアを見下ろしているのだ。

音もなく紐が解け、胸元が緩む。服をはだけられ、下着が覗く。

そこまでは大丈夫だった。でも、リューンの指に下着を引き下ろされ、白いふたつのふくらみを露わにされて、ひどくうろたえてしまった。

人間の、それも若い男性に身体を見せたことなどなかったから。

リューンの動作が、やたらと緩慢《かんまん》に見える。

彼は大きな手で覆うように、シルフィアの乳房をつかむ。力は入っていないけれど、熱い手にふくらみを握られると、心臓が急にドキドキと速度を上げて、気持ちが焦り出した。

「あ、あの、リューンさま……」

思わず彼の手首をつかんで止めようとするが、シルフィアがつかんだくらいでは何の制止にもならず、リューンはふにゅふにゅと手の中のふくらみを揉みしだく。

「種をわけてほしいんだろう？」

「ですけど、でも、これは……」

誰かにこんなことをされたのは当然初めてで、どう反応すればいいのかわからなかった。

「だが、こうしなければ種はやれない」

「ど、どうして……？」

「言ったろ？　心が伴わなければ無理だと。私の話を聞いていなかったのかい？」

彼の唇が一方の胸に吸い寄せられ、きれいな色の頂にちゅっとくちづける。

途端に、ひっくり返った声が喉に詰まった。

触れられた瞬間、身体の芯がズキンと痛みに似た感覚を訴えたのだ。痛いことなんてされていないのに。

リューンはシルフィアの身体が反応するのを確かめると、今度は硬くなった胸の先端に舌を絡め、それを口に含んで吸い上げた。

途端に身体の奥がズキズキと疼《うず》き出した。まるで、彼の舌の動きに踊らされるように。

「ぁ……こんなの、わかりません……っ」

「だから教えている。君は男にもらう種が、花の種か何かだとでも思ってるの？」

彼が顔を上げると、その唇と胸の先端が唾液の糸で結ばれる。

シルフィアは羞恥にいたたまれなくなって目を逸らしてしまった。

好きという気持ちをキスで表すことはあったが、身体を舐めるだなんて。

でも、リューンは彼女のやわらかいふくらみを舐め、やさしく歯を立て、手のひらに握って形を変えながら、何度もくちづけてくる。

「や、ぁああ……」

無意識に声が漏れた。ムズムズして、ズキズキして、うずうずして――

リューンの熱い手がシルフィアの服をさらに脱がしていき、淡い色の肌を探った。肩や背中を撫でられ、くすぐったくて身をよじると、喉元を食《は》まれ、そこにも胸と同じように舌を這わされた。

「んっ――――！」

口を開いたらヘンな声が飛び出しそうで、怖くて口を噤《つぐ》む。

でも、リューンの手に触れられると、心臓がおそろしく高鳴り、その体温を心地よく感じてしまう……。

内心でうろたえていると、耳たぶをやさしく噛まれた。

「ひゃっ」

熱い吐息がかかって身体の芯に震えが走り、下腹部が疼き出す。

「こんなことをされても、まだ子種が欲しい？」

リューンが声を低くして、耳もとに直接囁く。その声を聞いた途端、ぎゅっと疼く下腹部が熱く濡れた気がして、シルフィアはそっぽを向いてリューンの視界から逃げた。

でも、子種をもらうのが目的で山を下りたのだ。それを果たせるのなら……。

「ほ、本当に、種をいただけるのなら……。村の未来が、かかって」

それを聞いた彼は、苦笑したのか呆れたのか。

小さく嘆息して身体を離すと、リューンは自分の白いシャツのボタンを外し、しなやかな肉体をさらけ出した。

「村のために、心もない相手に身を委ねるというのか。種さえ手に入れば、相手が誰でもいいと?」

シルフィアは困り果てていた。

そもそも種がどんなものか知らないし、それを欲することでリューンが怒る理由もわからない。どうして身体をこんなふうに、さわられているのかも。

そして、触れられるたびに、身体が熱く震えてしまう理由も――

「ほ、本当に、種をわけてくださるなら……」

ふっとリューンは笑い、シルフィアのスカートを捲り上げるなり、ドロワーズの上から女性の割れ目を指でなぞった。

「え――っ」

厚い布越しにさわられ、なんとも言えないむず痒い気分になるが、その中はきゅうきゅうと、まるで脈打つように熱くなっていく。

指を押し込まれると、身体の奥からあふれた蜜が滲み出した。

シルフィアは身体を小さく縮めて、口元に手を当てる。リューンの手に下腹部を擦られ、胸を口に含まれて悪戯されて、頭の中が真っ白になっていた。

「男に子種をもらうということは、こういう淫らな真似をするということだろう? さあ、どうする? こんなことをされるのが嫌なら、今すぐここから逃げ出すといい」

シルフィアが拒絶するのを望んでいるのか、リューンは意地悪く言う。

でも、彼女は頭を左右に振った。長い白金色《プラチナブロンド》の髪がランプの炎を反射してまばゆくきらめく。

「種をもらうまでは、私……きゃっ」

リューンの手が、ドロワーズを一気に引き下ろすなり、熱く疼く場所を直接指で触れた。そのまま割れ目に沿って、ゆっくり指を這わせる。

「あぁ――っ」

途端、理性が溶けてなくなった。彼の指がそこを擦っていくと、これまでに感じたことのない違和感が全身を駆け巡ったのだ。

彼の手には力なんて入っていないのに、とてもおとなしく受け入れることなどできない、とてつもない衝撃だった。

「や、リューンさま……っ、どうして――」

「種が欲しいんじゃなかったの？」

秘裂の中を小さく揺らされると、身体ががくがくと大きく震える。リューンが指を動かすたびに、濡れた水音が大きく鳴る。

「ど、どうしてこんな、濡れて――あっ、ぁああん――っ」

自分の身に何が起きているのかはわからないけれど、とてつもなく恥ずかしいと思った。

「男の種を受け入れるためだろう？　ここに――」

彼の指が角度を変え、シルフィアの身体の中に分け入ってきた。それを感じた途端、いたたまれなくなって、手で顔を覆ってしまう。

「ここに直接、子種を注ぎ込む」

「んっ、あぁ……っ、注ぐって、どうやって……」

「何も知らないで子種を欲しがっていたわけじゃないだろう？」

「だ、だって、教わったとおりに――」

リューンは身体を起こし、腰のベルトを外して下衣を寛げると、中からシルフィアの見たことのない部位をさらけ出した。たちまち、彼女は目をまん丸に見開く。

「それ、なんです……!?」

はっきりいって異変である、怪異である。

男性の下腹部がそんな形をしているなんて、そもそも考えたことがなかった。シルフィアの周囲にいたのは村の三人のオジジだけで、もちろん、見たことはない。

予想外の異形に、シルフィアの目は釘づけだった。

これはもう、怖いもの見たさだ――。

それは赤黒っぽい、不気味な色をしていた。リューンはこんなにも綺麗で整った顔をしているのに、対照的にそれはなんともいえない恐ろしげな形状をしていて、重力に逆らって上を向き、ひどく硬そうだ……。

「これを、君のここに挿《い》れて」

シルフィアの膝を大きく開き、リューンはさらに指を深く突き入れる。

「は、ぅっ……」

腰がしなって、無意識に脚を開いてしまった。

リューンは自身の肉の塊を手でつかみ、指を抜いた同じ場所に、先端を宛てがう。

「これで君の中を貫いて、身体の奥深くに種を吐く。知っているだろう？　男のこれを、身体の中に受け入れるんだ」

「あ、た、種って……」

「君のここを濡らしているのと同じ、男の一物から放たれる精液のことだよ」

頭を殴られたような衝撃だった。こんな恥ずかしい真似をしなければ、男性の種をわけてもらえないなんて。

そして、それを大勢の前で公言してしまったのだ……。

「心のある、愛し合った者同士ならこの行為は神聖だ。君に心はある？　こんなことをされてもまだ、種が欲しい？」

シルフィアは混乱して、悲鳴をあげた。

第一章　子供のつくり方、教えてください

ティルディアス一族の村は、険しい山岳地帯の中腹にある小さな山村である。

かつては百人以上の住民と、たくさんの竜が暮らしていたが、年月とともに人も竜も数を減らしてきた。

今はもう、ここに住む人間といえば、七十歳を超えた三人のオジジたちと、十九歳のシルフィアとがいるばかり。

竜にいたっては、古竜グレヴァァと、若い雄竜ツァイルのみだ。

「いずれワシらが死に絶えたら、シルフィアがひとり取り残されてしまうのう」

薪《まき》を割りながら髭のオジジが言う。

「グレヴァの世話をする人間ものうなり、村も朽ち果てるのみよ……」

坊主頭のオジジは腰を叩きながら切り株に座り、抜けるような青空を見上げた。

「あのかわいいシルフィアが、ひとりきりになってしまうのか……」

垂れ眉のオジジが耕した畑に種を蒔きながら、深いため息をついた。

村にいる若者は、シルフィアという少女ただひとりなのだ。

かつて、彼女の両親ともう一組の若夫婦がいたが、シルフィアが幼い頃に落石に巻き込まれて亡くなっており、一族が存続する細い道はそこで潰《つい》えた。

それから十六年。村の後継者問題はわかりきっていたことなのに、残された娘が幼かったこともあって、オジジたちはまだまだ遠い未来のことと先送りしてしまったのである。

だが、老人の十六年と幼児の十六年では当然、年月の重みが違うのだ。

結果、シルフィアが年頃になったときには、いつ召されてもおかしくない超高齢になっていたオジジたちである。

「しかし、純真無垢なシルフィアを街の穢れた男に委ねるなど……」

「考えただけでも気が狂いそうじゃ！」

「とはいえ、わしらもゆくゆくは天に還る身。あの子をこの村にひとりきりで置いて逝くことになるのじゃ……」

「そうじゃのう……ティルディアスはこの代でしまいじゃ。せめてシルフィアが子を産んでくれればのう」

「あの子に、子を産めと？　誰の？」

「嗚呼!!」

のどかな昼下がり、裏の庭でなぜか嘆くオジジたちの声を聞いて、シルフィアは曇りのない菫色の瞳を瞬かせた。

確かに、このままではいずれシルフィアは村にひとりきりになってしまう。オジジと別れなくてはならないのは悲しいが、それが自然の摂理だ。

それでも彼女にはグレヴァとツァイルがいる。完全にひとりきりになるわけではない。

竜と人間の寿命を考えたら、シルフィアだって彼らより先に召されるのだから。

でも、その後はもう誰もいなくなる。

ツァイルは若いからどこへでも行けるが、グレヴァはこの地で終焉《しゅうえん》を迎えることになるのだ。たったひとりきりで。

彼を看取る人間がいないのは、ひどく切ない。

「私が子供を産めば、少なくともグレヴァのお世話をする人が増えますね」

雌体である自分が子供を産めることは、なんとなく知っている。

「でも、どうやったら子供ってできるの?」

首を傾げた彼女の目の前を、たんぽぽの綿毛がふわふわと舞っていく。新しく花を咲かせるために、新しい命を生み出すために種は飛ぶのだ。

なぜかはわからないが、オジジたちはシルフィアが子供を産むことに積極的ではない。

であれば、疑問を解決するために訪ねていく先はひとつしかなかった。

シルフィアはひとり暮らしをしている小屋を迂回し、森を抜け、もっと山の方へと進む。この先の崖に洞窟があり、古竜グレヴァはそこに棲んでいるのだ。

古竜というだけあって、彼が生まれてもう数百年が経過しており、シルフィアだけではなく村の住人たちにとっても、生き字引たる存在だ。

オジジたちも相当な物知りだが、グレヴァはこの世界のことならなんでも知っている賢竜である。薬草の作り方も、イノシシの捌《さば》き方も、暦や太陽、世界の成り立ちだって！

「グレヴァ、起きてますか？」

大きな入り口から奥へ進んでいくと、突然視界の開ける場所にたどりつく。眼前には深い穴があり、そこには緑色の鱗《うろこ》を持つ巨大な竜が眠っていた。

背中の翼は折り畳まれ、老いて土色に変色しているが、胴体の鱗はエメラルドのように美しい艶を放っている。

頭部だけでもシルフィアの身長の倍はある巨大な竜は、地面に丸くなって寝息を立てていたが、彼女の呼びかけで瞼を開けた。

『何用だ、人の子よ』

グレヴァは低く重々しい声で答えたが、洞窟内にその声が反響することはない。グレヴァの言葉はすべて、シルフィアの頭に直接響いてくる思念の塊だ。

そもそも、竜の口は人語を話す構造にはなっていないのである。

だが、竜は非常に頭のいい生き物で、人間にはない魔力を持つので、信頼関係さえあればこうして意思の疎通も可能だ。

「教えてほしいことがあるんです。私、子供を産みたいのですが、どうしたら子供ができるのでしょう」

グレヴァは重たい頭をすこし上げ、シルフィアの可憐な姿を視界に収めた。

『子を産みたいとは、唐突な。よいか、人の子よ。生物が命を生み出すためには、雌雄がそろう必要がある。そなたは雌体ゆえ、雄体から種をもらわねばならぬのだ』

「種、ですか？」

『人は、子種と呼ばれるものを雄体、つまり人間の男から分け与えられ、それを雌体の腹の中で育てること十月十日だ』

「十月十日、そんなに長い時間がかかるんですか。でも、人間の男の人から種をもらえばいいんですね。ありがとうございます、グレヴァ。さっそく種をもらいに行ってきます！」

子供を産めば、オジジたちが嘆き悲しむ理由はなくなるし、ティルディアス一族をもうすこし永らえさせることができる。シルフィアの足取りは軽かった。

「――というわけで、私は子供を産むことにしました。グレヴァに聞いたところによると、人間の男の人から子種をもらえば、子を産むことができるそうなんです。オジジさま方から種をもらうことはできますか？」

シルフィアの発言に、オジジたちがひっくり返ったのは言わずもがなである。

オジジたちは誰ひとりとして、彼女に男女の営みを教えたことはない。知識がまるでないシルフィアを責めることもできず、互いに顔を見合わせ驚愕に打ち震えた。

「む、無理じゃ無理じゃ！　わしらにはそのようなことはできんっ!!」

「なぜですか？」

不思議そうにシルフィアは首を傾げ、菫色の綺麗な瞳でオジジたちを見る。

さらさらと流れる白金色のまっすぐな髪は甘い艶を帯び、雪解けの清らかな水のように透明な、それでいて暁の空を思わせる菫色の瞳はまっすぐだ。

その汚れのない純真な瞳を見てしまうと、オジジたちは生々しい男女の交わりを彼女に説明する勇気を持てなかった。

「種は──そう、若い男にしか与えられんのじゃ」

髭ジイが言うと、他のふたりのオジジが髭の頭を叩《はた》いた。

(余計なことを言うでないわ、このボケジジイ！)

(す、すまぬ……！　つい言い逃れるために……)

(この子は無駄に行動力があるのじゃぞ！)

オジジたちの悶着など気にもせず、シルフィアはぽんと手を打った。

「若い男の人、ですか……。山を下りてビアレンの街へ行けば、若い男の人はたくさんいますよね？」

シルフィアの発言に、オジジ三人衆はそろって青ざめた。

「いや、いかん！　街は恐ろしい所じゃ。ひとりであのような場所へ——ダメじゃ！」

「でも、このままではティルディアス一族が絶えてしまいます。それに私も、オジジさまたちがいなくなったら、ひとりで淋しい……」

しゅんとしょげ返るシルフィアを見ると、オジジたちは嘆き悲しみ、おいおいと泣き崩れる勢いで彼女の肩や背中をたたいた。

「しかし、かわいいシルフィアや、街は本当に危険な場所なのじゃ。ついていってやりたいが、わしらはもう足腰が弱っておるでな」

「わしらに乗れる竜がいない今、山を下りるのは難しく、行ったら最後、ここまで戻ってこられんじゃろう」

「私ひとりで行けるから大丈夫です！　それに子供の頃に一度、眉オジジさまと一緒にビアレンに行ったことがあるけれど、街はとても楽しい所でした。大勢の人がいて色んなものがあって、お金と交換すればなんでも買えるんですよね？　もう一度行ってみたいと思ってはいたんです」

「しかし金など、ここには……」

「――グレヴァが宝石をたくさんくれました。これを街で売って、お金に換えればいいんだそうですよ！」

翌日、シルフィアの手には、こぼれんばかりの宝石や金銀があふれていた。

（おおぅ……竜が光物好きだということを忘れておったわ！）

（グレヴァめ、すっかり世の中のことになど興味はないと言わんばかりじゃったが、しっかり貯め込んでおったんじゃなあ！）

（財宝に関してはケチなはずじゃが、グレヴァもシルフィアには弱いとみえる……）

オジジたちの焦燥をよそに、シルフィアはにこにこ顔だ。

「それに、私がひとりだと心配なんでしょう？　オジジさまたちが心労でポックリ逝ってしまっては困るので、ツァイルに同行してもらうことにしました」

そう言ってシルフィアは、戸口の外にいたひとりの若者を呼んだ。

それは人間の若い男で、炎のような赤毛と深い闇のような黒い瞳をしていた。背は高く、肌は褐色、とても男らしく鋭い顔立ちだ。しかし目つきはひどく剣呑《けんのん》で、じろじろと老人たちを上からにらみつけている。

「……ツァイルじゃと？　この男が、あの火竜ツァイルなのか？」

「はい。街へ行くと言ったら、ツァイルも一緒に行くと言ってくれて。でも、今は麓《ふもと》のレスヴィアーザ王国に竜はとても少なくて、目立つのもよくないからと、グレヴァが魔法の力でツァイルを人間の姿にしてくれたんです」

そう言って、彼の手首に嵌められた金の腕輪を示した。そこには大きく美しい赤い宝石が嵌め込まれている。

ツァイルはティルディアスに住む若い雄竜で、シルフィアと一緒に育った。

過去に人間にひどい目に遭わされたらしく、ティルディアスへやってきた当初は、全身は傷だらけで、深刻な人間不信だった。竜とともに暮らしてきたオジジたちすら、彼に近づくことはできないのだ。

だが、当時八つだったシルフィアが懸命にツァイルの手当てをしたことから、彼女だけには心を開くようになった。

以来、何をするにも一緒で、今では「人と竜」という垣根を超えた幼馴染同士である。

「この宝石にグレヴァが魔力を籠めてくれたんです。腕輪を外さなければ、ツァイルは人間の姿のままでいられますし、直接お話しすることもできるんですよ。ね、ツァイル」

小柄なシルフィアより頭ひとつ分以上抜きんでた長身の若者は、彼女の頭を抱き寄せ、オジジたちを挑戦的に見下ろす。

「役立たずの耄碌《もうろく》ジジイども、なにアホなことやってくれてんだ」

シルフィアが街へ行くと言い出した原因がオジジたちのせいだと看破し、ツァイルは詰《なじ》った。その迫力たるや、オジジたちが物言えず固まってしまうほどだ。

「まあ、ツァイル。そんな悪い口を利いちゃだめですよ。オジジさまたちは私を実の子供のようにかわいがってくれているんですから」

「――だったら、なおさら大事に手許に置いておけってんだ、あ？」

オジジたちを恫喝《どうかつ》するツァイルを背中に押しやって、シルフィアは笑った。

「ね、ツァイルがいれば心配ないでしょう？　麓までは背中に乗せてもらいますし、ちょっと行って種をもらったらすぐに戻るので、心配しないでください」

（……心配しかありはせんわ）

（しかし、ツァイルのシルフィアへの偏愛はただごとではないからのう。よからぬ男なら追っ払ってくれるじゃろうて）

（シルフィアが街のよい男と巡り合えればそれでよいが、どちらかといえば悪い輩のほうが多いからのう。子を産んでほしい反面、あの子が見知らぬ男の毒牙に……無理じゃ！）

ツァイルがいれば、シルフィアが街の男にどうこうされる心配はないだろう。

こうして、『ツァイルの同行』という一同が納得する方法が採択され、シルフィアはさっそくレスヴィアーザ王国の王都レヴィーへと旅立つことにした。

……誰もが旅の失敗を祈っているとも知らず。

「よいかシルフィア。男なら誰でもいいわけではないのじゃ。若く健康で健全で、やさしく誠実で、嘘のない男を探すのじゃぞ」

「なおかつ身分もあれば申し分ない。なにしろ我らの始祖ティルディアスは、本を正せばレスヴィアーザの王族じゃ。世が世なら、おまえは王族の姫君じゃからなあ」

「もっとも、現在の王国にティルディアス一族のことが伝わっているとは思えんがな」

「無理をするんじゃないぞ」

「種をもらわずに戻ってきても構わぬからな」

口々に忠告されてシルフィアは苦笑したが、それでもオジジたちの心配がうれしい。

「大丈夫です、ツァイルも一緒だから。必ず種をもらって帰ります！」

軽食と宝石を詰め込んだ袋を鞄に入れたシルフィアは、オジジたちと一緒にツァイルの待つ崖へと向かった。

切り立った崖のてっぺんからは、レスヴィアーザの王都レヴィーが遠くに一望できる。人間がたくさん住む街を、ときどきおとぎ話の世界のように眺めていたシルフィアだが、そこに足を踏み入れることになるのだ。

逸《はや》る気持ちのまま、崖の上にいるツァイルの許に走り寄った。

「ツァイル、お待たせ！　街までよろしくね」

そう言って竜の姿をした彼の、赤く美しい鱗の体を撫でた。

ツァイルはまだ若くて、グレヴァのような巨体ではないが、娘ひとりを背に乗せるくらいわけはない。

体高は彼女の身長の三倍ほどはあるし、大きな翼を広げるとなかなか圧巻だ。

『さあ、早く乗れ。あまりこの姿で人里には近づきたくない。麓に下りたら歩くぞ』

シルフィアが火竜の背中に乗ると、オジジたちは不安そうにその様子を見守る。

「では、行ってきます！　やさしくて誠実な若い男性から種をわけてもらいますね」

シルフィアが言うと、ツァイルは地面を蹴って崖から滑空した。若く力強い竜は、ぐんぐんとティルディアスの村から遠ざかっていく。

「どうやって種をもらうのか、教えたのか？」

「……無理じゃった……」

「これはもう、ツァイルの人間嫌いに期待するよりほかあるまい……」

若い世代に知識を継承する義務を放棄した老人たちは、遠くなる竜の姿を目で追った。

一方、ツァイルの背中で眼下に広がる雄大な景色を眺めるシルフィアは、どんどん近くに迫って来る人間の街を見て、まぶしすぎる笑みをこぼした。

「子供の種って、どんな形なんでしょうね！」

シルフィアの子づくり旅は、前途多難のうちに幕を開けたのだった。

＊

ツァイルの背中に乗れば、どんなに険しい山もひとっ飛びだ。

ふたりはあっというまに麓の森に降り立ち、火竜は腕輪の魔力で人間の姿をまとう。

「弓矢なんて持ってきたんですか？」

ツァイルが背負っている武器を見て、シルフィアは不思議そうに尋ねた。オジジたちが山で獣や鳥を射るときによく使っているものだ。

「ジジイが持っていけと。こんな物がなくとも、おまえに近づく輩は俺が一撃で伸《の》してやるから心配するな」

「伸しちゃだめですから」

決して筋骨隆々ではないが、褐色の肌に赤い髪を逆立てた姿に変身したツァイルは、とても長身で、驚くほど威圧的だ。

それでも、ぶっきらぼうな声も口調も竜のときと変わらないし、シルフィアの小さな手を握る武骨な手はやさしい。

彼は幼竜の頃からこの少女とともに成長したので、体の大きな自分が加減をしないと、シルフィアがもろく壊れてしまうことを骨の髄から知り尽くしていた。

「ツァイルと手をつなぐ日がくるなんて思わなかったです。人間の姿、不便じゃない？」

「とくに不便は感じない。むしろ、こっちのほうがシルと近くにいられて便利だ。いきなり振り返っても、尾でおまえを吹っ飛ばす心配もないしな」

「ああ、あれはけっこう痛かったです」

ふとシルフィアは赤毛の青年を見上げ、その喉に縦に入った傷痕を指で触れる。

「人間の姿になっても、この傷は消えないんですね」

「………」

もう十年以上も前のことだ。ツァイルは大勢の人間たちに襲われ、命からがらティルディアスの山村に逃げ込んできた。この喉の傷も、そのときに負ったものだ。

以来、ツァイルは人間に対しては憎悪にも似た感情を抱いている。シルフィアただひとりを除いて。

村のオジジたちに対しても、今でこそ攻撃や威嚇《いかく》はしなくなったが、決して彼から近づこうとはしなかった。

「街にはたくさんの人がいますけど、大丈夫?」

「俺はおまえのお守り役だ。そのくらいは弁《わきま》えている、心配するな」

大きな手に髪を乱されたシルフィアは、心配そうに笑いながら、小鳥のさえずる森を街に向かって歩き出した。街道が整備されているので、道に沿って進むだけだ。

「しかし、なんで急に子供を産もうなんて思った」

「だって、村にいる人間は私が最後のひとりだもの。このまま私が年を取って死んでしまったら、グレヴァとツァイルはどうなるんですか？　ツァイルはまだ若いから、どこかに行って同胞を探すこともできるけれど、グレヴァは無人の山奥でひとりひっそり生きていかなくちゃいけないんです。それじゃあまりに淋しいもの……」

「だが、生まれた子供がティルディアスを嫌ったらどうするんだ」

「ティルディアスが大好きになるように、楽しいことをたくさん教えてあげるから心配いらないですよ。私の子供なら、ツァイルも背中に乗せてくれるでしょう？」

「――さあな」

ツァイルがぷいと視線を逸らしたとき、街のほうから近づいてくる馬車があった。

馬車はものすごい速度でこちらに向かってくるが、ふたりの姿に気がつくと減速し、やがて停車する。ツァイルは警戒してシルフィアを背後に押しやった。

「あんたら、この近くに竜がいたのを見なかったか!?」

立派な箱馬車の御者に問われ、ふたりは顔を見合わせる。

「竜……？」

どうやらツァイルが森に降り立ったのを、街から見られていたようだ。飛翔していたのは人里離れた場所だったとはいえ、空を遮るものはないので無理もない。

「いいえ、私たちは気がつきませんでした」

シルフィアが取り繕って笑うと、御者は舌打ちしてふたたび馬車を走らせた。それを見送って、彼女はため息をつく。

「やっぱり、今のレスヴィアーザで竜はとても珍しい存在なんですね。昔は竜と人が信頼しあっていて、かつては『竜騎士』という、竜に乗った王国騎士団まで結成されていたって聞いたことがあるの。でも、ある時を境に竜の数がとても減って、ティルディアスにいた竜たちもレスヴィアーザから帰ってこなくなった……」

「……」

ツァイルはティルディアスに来る以前のことを語りたがらないので、彼の幼竜期に何があったかはシルフィアも未だに知らない。

「ツァイル、大丈夫？」

「俺はおまえのお守り役だ。心配など無用」

さっきと同じことを繰り返し、ツァイルはぎゅっと彼女の手を握りしめ、長い脚で街道を力強く進んだ。

その間にも、竜を追っているのか、弓矢や剣で武装した一団が血眼《ちまなこ》になって馬車や馬で駆けていくのとすれ違う。

かつては共生していたはずの人と竜は、今は狩る者と狩られる対象になっているようだ。

やがて、ビアレンの街が見えてきた。ここはレスヴィアーザ王国の王都レヴィーの市街地であり、遠くの高台には堅牢な王城がそびえている。

街の周囲には険しい山脈や森が広がり、広大な湖もあった。他国からの干渉を受けづらく、自然の恩恵もある。とても豊かな国だ。

街の入り口には城塞が設けられているが、一般人の出入りに関して規制は厳しくない。もっと南や東の、国境に面する砦ではそうもいかないが、今は平和な時代でもあり、交易も盛んなため、通行料をいくばくか支払い、番兵に見咎められなければ難なく通してもらえるようだ。

――城塞を通るには、お金がいる。

シルフィアは古竜グレヴァからもらった宝石の中から銀貨をみつけると、どきどきしながらそれを手に握りしめ、通行の順番を待った。

生まれて初めて「代金を支払う」のだから！

だが、城塞にも軍馬に乗った人々がいて、竜の消えた方角に飛び出していく。

「さっき街道でも馬車と行き会いましたが、みなさん竜を探しに行かれるのですか？」

城塞の番兵に尋ねてみると、簡素な鎧をつけた番兵がシルフィアの顔を食い入るようにみつめてくる。

「あ、あの……？」

穴が開くほど顔を覗き込まれ、怯《ひる》みつつ声をかけると、番兵ははっと弾かれて一歩引いた。

シルフィアの白金色の髪と菫色の瞳という取り合わせが、レスヴィアーザに珍しく、また、彼女の容姿がとびぬけて愛くるしいせいなのだが、当の本人は、奇異な振る舞いでもしてしまっただろうかと不安でいっぱいである。

「ああ……さっき、あの森の向こうに竜が降りるのを見た者たちが大勢いたからな」

「捕まえるのですか？」

「そりゃそうだ。レスヴィアーザといえば、昔は竜騎士団を抱えるほど竜の多い国だったんだ。知らないのか？」

今度は胡乱《うろん》そうに見られて、シルフィアはあわてて首を横に振った。

「知っています！　竜の数がとても減っていることも。でも、あんなふうに大勢で弓矢や槍で攻撃したら、竜が傷ついてしまうのに……」

彼らが目撃した竜とはおそらくツァイルのことだから、実際に竜が捕らえられることはないが、まるで戦に向かうような重装備の人々を思い出し、シルフィアの菫色の瞳は曇る。

「ですが、丸腰で竜に立ち向かうわけにはいかないでしょう？」

番兵とは違う男性の声が、馬蹄《ばてい》の音に重なって凛と響いた。

振り返ると、馬に乗った騎士がこちらへとゆっくり近づいてくるところだ。

「それは、そうですけれど……」

シルフィアは曖昧に答え、竜を追っていった軍馬に目をやってから、騎士を振り返った。

すると、番兵がしゃちほこばって彼に最敬礼する。

まだ若い騎士だったが、その表情はとても穏やかで、乗馬姿も洗練されている。きっと、こんなふうに所作の美しい人が地位の高い人物なのだろう。

絵本でたくさん見た憧れの騎士が、目の前にいる。シルフィアの心が浮き立った。

「騎士さまも竜を追いかけるのですか？」

「いや、私は出遅れたようなので見送りだ。今、レスヴィアーザに竜は不在でね、王国としてもぜひ竜を連れ帰りたいものだが……」

そう言ってシルフィアの顔を見下ろした騎士と、目が合った瞬間。

（え――）

心臓がきゅっと悲鳴をあげた気がした。初めて見る顔なのに、なぜか馴染みがあるような、惹きつけられるような……。

懐かしくて、胸の奥がざわざわとざわめく。

そして黒髪の騎士も、驚いた顔をしてシルフィアをみつめていた。

強い視線を感じ、頬がじりじりと熱を帯びる。シルフィアは困惑した。

（どこかで会ったことが……あるわけないけれど……）

これまでずっと、三人のオジジと二頭の竜に囲まれて暮らしてきた。こんな若い男性に出会う機会など一度もなかったはずだ。

彼は黒銀の騎士の服に身を包み、黒曜石のように艶やかな黒髪を風に遊ばせながら、身軽に馬から下りた。

(とてもきれいな深緑の瞳。陽に当たったグレヴァの鱗みたい)

シルフィアを惹きつける濃い緑色の瞳は、真夏の空に映える森の色だ。

鼻梁が整った細面で、口許は誠実そうに引き締まり、彼の顔立ちそのものに好感を覚える。オジジの皺だらけの顔と違い、若い肌には張りがあってつやつやしていて、さわったら気持ちよさそうだ。

すこし目にかかった黒い髪はシルフィアの目には珍しく、いくら見ていても飽きない。

だが、黙ってじっと互いをみつめあうふたりの間に、すっと赤毛が割って入ってきた。

「この娘がなにか?」

ツァイルの声と同時に、城塞の外にできていた通行待ちの人々の列から「早くしろ」と苦情の声が上がる。

ふたりの間に流れた沈黙の時間は唐突に終わった。

「これは失礼。邪魔をしたな、続けてくれ」

黒髪の騎士が番兵に場所を譲って後退したので、シルフィアは手に握りしめていた通行料の銀貨を、満を持して番兵に差し出した。

「これでお願いしますっ！」

だが、銀貨を受け取った番兵は、それをしげしげとみつめると、通り過ぎようとするシルフィアとツァイルをあわてて呼び止めた。

「待て待て。この銀貨はいつの、どこの国のものか。そもそも、本当に銀なのか？」

シルフィアとツァイルは顔を見合わせる。銀貨は銀貨であって、それ以上でも以下でもないと思っていたのだが……。

「銀には間違いないです」

グレヴァが偽物を蓄《たくわ》えているわけがないので断言できるが、古竜が王国との行き来をしていたのは何百年も昔のことだ。その当時に製造された物だとしたら、誰も見たことのない代物なのかもしれない。

「これは、私の家で代々継承されてきたもので……」

「そんな大事なものを通行料に支払うのか？　あやしいな、おまえたちどこの国の人間だ」

「あやしいなんて。こ、この国の人間です！　ほら、言葉も不自由ないです！」

シルフィアはあわてふためくが、あやしまれたことに対してではなく、背後のツァイルが先刻から不穏な雰囲気を発しているからである。

「では出身地は？　家の名は？　レヴィーに何の用で来た」

職務熱心な番兵に咎められ、このままでは捕らわれるかツァイルが爆発するかの二択だ。

とても子種を求めるどころではない。

だが、さっき退いた黒髪の騎士が番兵の手から銀貨を取ると、表面に刻まれている肖像を眺めた。

「これはレスヴィアーザ王国の始祖、アルティアス一世陛下の肖像だ。知らないのか？」

番兵は騎士から逆に問われ、驚きに顔を青くした。

「もっ、申し訳ございません！」

「アルティアス一世陛下の御代は三百年も以前に遡るゆえ無理はないが、国に仕える人間として、歴代国王の肖像くらいは知っておいてもらいたいものだ」

彼はそう言って番兵の肩をたたくと、銀貨をシルフィアの手に返した。

「この銀貨は、今となっては歴史博物館にでも収められるような貴重な代物です。通行料として使うには不向きですね」

手の中に戻された銀貨を見て、シルフィアは困惑しながら顔を上げる。

「ですが、これ以外にコインを持っていなくて」

「珍しい銀貨を見せてもらいました。お通りなさい」

「え、いいのですか？」

「これは歴史的に非常に価値の高い銀貨で、私も見るのは初めてだ。この兵にもいい勉強になったでしょう。しかし、金を持たずに街へ行ってどうするのです？」

「あ、私はただ、子だ……」

「コダ？」

正直に白状しようとしたシルフィアの口を、ツァイルの大きな手が覆った。

「俺たちは北の村から出てきた田舎者で、代々、家に伝わる宝石を金銭に換えて王都観光をする予定だ」

「そうでしたか。よい古物屋に巡り合えることを祈りましょう。ただ、その銀貨を売ってしまうのはもったいないので、大事になさったほうがいいと思います。それから、基本的にビアレンはいい街ですが、中には詐欺まがいの店もありますす、お気をつけを。もっとも、あなたがついていれば心配はなさそうですが。では、よい旅を」

彼の言うことは絶対らしく、ふたりをあやしんでいた番兵もすんなり通してくれた。

「ありがとうございます。では、お言葉に甘えまして」

ふたりが通り過ぎると、黒髪の騎士は一瞬だけシルフィアに視線を投げたが、もうこちらには関心を示さず番兵と話し込んでいた。

「よかったですね、通してもらえて。でもあの方、とってもやさしい人でしたし、若くて誠実で健康という、オジジさまたちの条件にぴったりだと思いませんか？　種をお持ちじゃないかしら。あの方にわけてもらえれば、今日にもティルディアスに帰れると思うの」

「おまえ、それ本気で言っているのか」

なぜかツァイルはあきれ顔だ。

「本気もなにも、そのために来たんですけど」

「俺も人間の子供のつくり方なんぞ知らんが、おまえが思ってるのと違う気がするんだよな」

「どういうことですか？」

「わかんねえよ。そんな気がするだけだ」

件の騎士はもう馬上にいて、番兵に何事かを指示して馬首を翻《ひるがえ》す。すれ違いざま、また目が合った気がしたが、彼はそのまま振り返ることなく走り去ってしまった。

「――ツァイル、間違っても街の中で竜の姿には戻っちゃだめですからね」

「そのつもりはないから、安心しろ」

赤毛の青年は疲れたようにため息をつくと、シルフィアの華奢な手を取った。

第二章　ビアレンの騎士公爵

北の山脈を竜が飛翔していた。

その目撃談がレスヴィアーザ宮廷中に広まるや否や、軍馬が一斉に王宮を飛び出していった。竜を捕らえようと、王国中が躍起になっているのだ。

過去には竜騎士団を抱え、近隣諸国で最強と謳われたレスヴィアーザ王国軍だが、この百年の間に竜は激減し、王国に残った最後の一頭も、二十年以上前に死んでしまった。

以来、竜騎士団は過去の栄光と化している。

レスヴィアーザ王国が建国された当時は、北の山脈に多くの竜が暮らしていた。知能の高い彼らは人間の言葉を解し、念力で会話することもできたという。

かつて彼らは、共生の道を歩んできた。

だが、いつの頃か人間は竜を『狩る』ようになった。

乱獲がはじまると竜はたちまち数を減らし、竜の多くが人間を見限って人里から姿を消すまでに、それほど長い時間はかからなかった。

今ではレスヴィアーザをはじめ、人間の版図で竜の姿を見かけることは、ほとんどなくなったのである。

そんな背景もあることから、レスヴィアーザの人間は「竜を見た」という噂が流れると、様々な目的のために竜を捕獲しに走るのだ。

竜が舞っていたという北の山脈にもう一度視線を向け、リューンは未練を振り切るように街中に馬を走らせた。

「おや、ヴァリレエ閣下。竜をとっ捕まえに行かなかったのかい？」

「残念だが出遅れた。今から行っても間に合わないだろうな」

「ぜひ閣下に竜を捕まえてほしいもんだねえ。亡きお父上も草葉の陰で喜ぶだろうに。気を取り直して、この林檎でもお食べよ」

街の人間は気安く彼に声をかけ、リューンも気さくにそれに応える。

リューン・アース・ヴァリレエ公爵。

三年前に亡くなった父、王兄ヴァリレエ公爵の後を継ぎ、二十三歳という若年ながらに王都市中警備団の統括役を務めていた。

レスヴィアーザ王国の王都レヴィーには、ふたつの大規模な騎士団が常駐している。王城及び貴族街ラスコスを守護する「王宮騎士団」は王宮騎士隊、ラスコス守護隊の二隊で編成されている。現在それらを統括しているのは、王太子アヴェンだ。

リューンが統括する「王都市中警備団」は、城塞守護隊と、王都レヴィーの市街地ビアレンを護るビアレン衛視隊の二隊からなる。

リューン自身、幼少期から父についてビアレンの街を駆け回っていたので、ここが故郷のようなものだ。

就任した当初は、年若い彼を馬鹿にする騎士たちも多かった。その黒髪をあからさまに嘲《あざけ》る者もいた。だが、リューンは幼い頃から学問に剣術に、己の存在を確立するためがむしゃらに立ち向かってきたのだ。

やさしい父のため、見たことのない母の名誉のため、誰よりも自分を厳しく律した。偉大な竜騎士だった父に報いようと、享楽に目を向ける暇もなく突き進んできた。

その努力が実を結び、今では市中警備団のみならず、王宮騎士団の中にだって彼に敵う剣士はそうそういない。

できれば竜騎士として活躍した父の跡目も継ぎたい。しかし、肝心の竜がいない。

竜を捕らえに出かけた連中をすこし羨ましく思いながらも、馴染みの街をぐるりと哨戒《しょうかい》して、街の平和が保たれていることを確認して回る。

警備団もつつがなく職務に精励しているようだ。

夕方、リューンが市中警備団に所属するビアレン衛視隊の詰所に顔を出したときのことだ。

「さっき、若い女の子がメルフラフ通りに連れ込まれたのを見たんだ。三人の男に囲まれて。衛視さん、助けてやったほうがいいよ」

善良な市民から、似たような通報がいくつか入っているのだという。

『悪者通り《メルフラフ》』とは、ビアレンの退廃地区《スラム》だ。

ときには善良な人々が騙されたり、暴力沙汰に巻き込まれたりと、事件は枚挙にいとまがなかった。どれだけ街を清浄に保とうと、裏社会に生息する人々を完全に追いやることはできないものだ。

彼らの存在を容認しつつ、事件が起きれば乗り出していく。衛視隊とはなかなかに骨の折れる職務でもあった。

「手の空いてる者は一緒にきてくれ。三人もいれば充分だろう」

屈強な手練《てだ》れの衛視を三人引き連れ、リューンはメルフラフ通りへと徒歩で向かった。馬で向かおうものなら、たちどころに盗まれて、市で売られる羽目になりかねない。

表の賑やかな喧騒とは質が変わり、うらぶれた通りは薄暗く、すれ違う男たちの目つきも悪い。中には、後ろ暗いところでもあるのか、衛視の制服姿を見て逃げ出す者もいるが、胡乱げにジロジロとにらみつけてくる連中が多かった。

「閣下、あちらに」

ビアレン衛視隊長のキルフィルが指さしたほうに、男たちの怒声が漏れ聞こえる酒場があった。

中では乱闘騒ぎが起きているらしく、ガラスの割れる音や椅子やテーブルが投げられたり壊されたりと、なかなかの衝撃音が響き渡っている。

「中の様子を見てくる。ここで待て」

「お気をつけて」

リューンは衛視たちから離れて店に近づくと、小窓からそっと中の様子を覗き込んだ。

店内には十人ほどの男がいて、罵り合いながら酒瓶や食器を投げつけ、殴り合い、目も当てられない大乱闘の最中である。

そして、その騒乱の中に取り残されたような、場にまったく似つかわしくない少女の姿を見つけた。

(あの娘は……)

昼間、城塞で出会った白金色の髪の少女だ。なるほど、彼女を巡って乱闘が起きたのか。

なにしろ、自分を堅物だと信じていたリューンですら目を奪われたほどの、とびきり美しい娘だ。この界隈の連中が目をつけるのも当然の流れだった。

リューンは待たせていた衛視たちに合図を送ると、自分は裏に回って勝手口から店内に侵入する。直々に正面から乗り込んでいっても構わないが、この醜い騒ぎの渦中に、あの娘を長時間置いておきたくない気がしたのだ。

そっと騒動の様子を窺うと、少女の後ろ姿がすぐ目の前にある。

そのとき、ちょうど大きな音を立てて扉を開き、屈強な衛視たちが突入した。彼らが「何を騒いでいるか!」と一喝した途端、喧騒に沸き立っていた店内はたちまち静まり返る。

「こ、これは衛視隊のみなさま……! いや、ちょっとした祭りでございまして」

この酒場の店主である老人がうすら笑いを浮かべ、揉み手をしながら前へ出た。

「ミラフ、次に騒ぎを起こしたら、営業は不許可にすると言ったはずだが」

「と、とんでもございません! 騒ぎだなんて滅相もない……」

そんなやり取りを尻目に、リューンは固唾《かたず》を呑んで見守っている少女の腕を引いた。

振り返った少女は驚いて声をあげかけたが、その口許に「しっ」と指を立てて黙らせると、裏の勝手口から誘導して外へと連れ出す。

「あ、あのっ」

強引に引っ張り出されて困惑する少女の手首をつかんだまま、リューンは無言でメルフラフ通りを抜けた。そのまま中央広場にたどりつくと、ようやく歩みを止める。

「どうして君があんな店に？　一緒にいた赤毛の彼はどうしたの」

振り向くと、少女は深みのある菫色の瞳をまん丸にしてリューンを見上げていた。

「あ、さっきの騎士さま……。ツァイル、そうでした！　連れとはぐれてしまって」

少女がくるっと踵《きびす》を返して元来た道を戻ろうとするので、あわてて手首をつかまえた。

「待ちなさい、またあそこに戻るつもりかい!?」

「さっきのお店にいた方たちが、一緒にツァイルを捜してくださっていたんです。まだお礼を言っていないので」

「お礼!?　あそこは一般人が近づく場所じゃない。どういう所か知らない――か」

彼女は今日ここへやってきたばかりなのだ。メルフラフ通りのことを知らないのは無理もないが……。

「どこで赤毛の彼とはぐれたの？」

「はい。さっき城塞で教えていただいたとおり、表通りで古物屋を探していたのですが、途中で忽然《こつぜん》と姿が見えなくなってしまいました……」

「……存外、頼りない」

「え？」

あの赤毛の長身の青年、目つきも身のこなしも隙がなく、おっとりしていそうな少女の護衛にはぴったりだと思ったのだが、まさかこうも簡単にはぐれてしまうとは。

「いや。とりあえず、ここで立ち話することでもないし、そこの詰所で話を聞こう。私はリューン・アース・ヴァリレエ。ビアレンの市中警備団を統括している者だ」

「ご丁寧にありがとうございます。私はシルフィアです。リューンさんは、偉い方なんですよね？　さっき、城塞の兵士の方が畏まっていました」

「偉いかどうかは知らないが、街の安全を守る責任者だ。せっかくビアレンに来てくださったのに、早々に不快な思いをさせて申し訳ない」

そう言ってリューンは深々とシルフィアに頭を下げた。

「不快だなんて、そんなことは全然ありません！　さっきの方々も、ツァイルを捜してくださって……」

「それは違うかと」

「違う、とは……？」

純朴な瞳でみつめてくるシルフィアを、リューンは心配そうに見てから、通りの向かいにある立派な建物を指し示した。

「赤毛の彼は衛視に捜させるから、とにかくこちらへ。下手に動き回ると、余計に会えなくなる」

見れば見るほどに愛らしい少女の顔立ちに、なぜか胸騒ぎを覚えるリューンだった。

ビアレン衛視隊の詰所は、ちょっとした貴族の邸《やしき》のように小洒落た二階建ての建物で、一階の広間は市民が気軽に出入りできるよう開放されている。

中に入ると、衛視たちが最敬礼で彼を出迎えた。

「ご苦労さまです、ヴァリレエ閣下」

「ミラフの酒場で騒ぎがあり、中でこちらの女性を保護した。後始末はキルフィルたちに任せてきたから、大事ないだろう」

リューンは、少女と一緒にいた赤毛の青年を捜索するよう指示すると、大勢の衛視が控える広間のソファを彼女に勧めた。

衛視たちも、リューンが連れてきた白金色の髪をした少女を驚きの顔で迎える。それほどに非凡な、稀有《けう》な美貌を持つ娘だったのだ。

城塞で一目見て、リューンは不覚にも彼女の容姿に目を奪われた。

レスヴィアーザでは金髪や茶褐色の髪が一般的だが、透き通る白金の髪はまるで上質な絹糸のようで、顔立ちは愛らしさと凜と引き締まった表情が同居している。

なにより、暁の空を思わせる美しい菫色の瞳！

早い話が、彼にとって大変好ましく思える女性だったのである。

しかし、その出会いは一瞬のすれ違いで終わるはずで、すぐにリューンは日常に立ち戻ったが、時を置かずしてふたたびこうして出会うことになった。

何万もの人間が行き交う巨大な街で、不思議な縁があるものだ。

「……それで、彼らにツァイルくんを一緒に捜してやると言われて、あそこへ？」

「困っていたところを助けてくださった、やさしい方々でした」

ソファに落ち着いてからあらためて問い直すと、少女はにっこり笑った。

ビアレンの外からやってきたばかりで、街の常識が通用しないのはまだわかるが、いかにもといった風体の男たちに囲まれて、それでもなお「やさしい方々」と彼女は断言する。

純真なのか、感覚がズレているのか、見極めが難しいところだ。

「君がいたあの酒場のある街、ビアレンでは『悪者通り《メルフラフ》』と呼ばれていて、若い女性が連れ込まれたら、大変なことになる」

「大変なこと、って？」

心底、不思議そうな顔をして、シルフィアという少女はきれいな菫色を彼に向けてくる。

思わず言葉に詰まったほどだ。

「いや、だから……襲われたり、乱暴されたり、とか」

「でも、お茶とおいしい焼き菓子をご馳走してくださいました。何も大変なことなどありませんでしたよ。ご心配くださってありがとうございます」

こういう反応に出会ったのは初めてだ。リューンは戸惑いつつ咳払いし、居ずまいを正した。

「しかし、駆けつけたとき店内はひどい有様だった。何があったんだい？」

状況を聴取すべく尋ねると、彼女も何が乱闘騒ぎのきっかけだったのかを思い返しているようだったが、やがて「ああ！」と手を打った。

「何をしにビアレンに来たのかと聞かれたので、若くて健康で誠実な男性から子種をわけてもらいにきたと言いました。確か、それからです」

「…………？」

十回、せわしなくまばたきをした。

今、自分の耳が拾った単語を、頭が適切に処理してくれなかったのだ。

「――――なんだって？」

聞き返したくはなかったが、よく意味が聞き取れなかったので反射的に尋ねてしまった。

近くにいた衛視たちもざわついているから、聞き間違いではない気もするが……。

「はい。若くて健康で誠実な男性から、子種をわけ――」

リューンは光の速さで立ち上がり、手で彼女の口をふさいでいた。

城塞で赤毛の男が同じことをしていたが、納得した。そうせざるを得なかったのだろう。

「そ、そういうことを軽々しく口にしてはいけない――！」

大きな手で顔半分を覆われて、シルフィアは目を丸くしている。

遠巻きにその様子を眺めていた衛視たちは、何も聞いていないふうを装ってさっさと離れていく。とっさに「ひとりにしないでくれ！」と叫びそうになったが、蜘蛛の子を散らすかのごとく周囲には誰もいなくなった。

「ちょ……」

援軍はいない。彼ひとりでこの困難を乗りきらなければならないようだ。

(――今、子種と言ったのか？　どういう……本気で言った？　いやまさか、こんな可憐な娘がコダ……って、そう言えば城塞でも言いかけてたな……)

恐る恐る少女の口から手を離すと、彼女は首を傾げてリューンを見上げている。

自分がどれほどの波紋を投げかけているのか、ちっとも理解していない顔だ。

美しくて愛らしいこの少女の口から、想像もつかない言葉が飛び出したことに、リューンは絶望感でいっぱいになった。

(すこし、この辺《あたま》が、ゆるい娘《こ》なのか……な!?)

しかし、それをあの連中の前で口にしたのなら、騒動になるのは当然だろう。どうせ下心があって彼女を酒場へ連れ込んだのだから。

シルフィアが連れとはぐれたことさえ、男たちの策略だったと言われても納得だ。

「あ、あの、私なにか変なことを……？」

動揺が一段落すると、リューンは咳払いをしてソファに座りなおした。

「変なことというか――こ、子供というものは、相手が誰でもいいというわけではなく、心のある相手と出会って、そこで初めて出てくる話ではないかと……！　す、少なくともおおっぴらに公言して歩くのは……」

　青ざめつつ遠回しにたしなめてみると、彼女はますます首を傾げた。わかっているのかいないのか、艶やかな白金の髪がさらさらと揺れてまばゆい。

「種をもらう相手は、誰でもいいわけではないんですね。わかりました、大勢の前では言わないようにします。ご親切に教えてくださってありがとうございました」

　絶対わかってないだろう。瞬時にリューンは心で突っ込んだが、シルフィアの顔を見ると口に出すのは難しかった。彼女は真剣そのものである。

「でも、どうやって『心のある相手』という方を探せばいいのでしょう？」

「や、いや……私は、その手のことには詳しくないので、うまい助言をさしあげることはできないが！　み、見つけようと思って、見つかるものではないのでは……。心というものは、自分の意思でどうなるものではないというか……それに、子供をもうける行為は、心が求める相手に出会えたときに、自然に発生する欲求だと、私などは思うのだが……」

　額と心に汗をだらだら流しながら、ちっとも説明になっていない説明をする。しかし、どれだけ彼女に伝わっていることか。

「そうですか、難しいのですね……困りました」

「こ、困るとは？」

「はい。なるべくはやく子種をいただいて、村に戻りたいのです」

「…………」

もはやどこからどうツッコめばいいのかわからず、リューンは頭を抱えた。シルフィアの住んでいる村は、かなりの時代錯誤なのかもしれない。

百歩譲って、婿探しならまだわかる。だが、彼女は子種だけ持ち帰る気だ。

「その村、帰る必要あるのか……？」

「え？」

「まず、自分を大切にしなさい！　それではまるで、子を産む道具と言われているようじゃないか。君自身の心はどこにある⁉　そんなふうに扱われていることを怒るべきだ！」

「……⁇」

つい説教くさくなってしまったが、こんな美しくて可憐な娘がどこの誰とも知らぬ男に身を委ね、封建的な村でひとりひっそり子を育てていく姿を想像してしまい、頭をかきむしりたくなった。

当のシルフィアは菫色の瞳をきょとんとさせ、呆気に取られている。きっと、幼い頃からそれが当然の環境で育ってきたのだろう。

レスヴィアーザはわりとおおらかで、男女にそれほどひどい差別や区別のない国だと思っていたが、そうでない価値観もたくさんあるのかもしれない。

本人が納得しているなら、リューンが四の五の言うことではないが、それにしても……。

　そのとき、リューンの言葉を遮るように、男の大声がシルフィアを呼んだ。

　戸口を見ると、赤毛の青年がシルフィアの姿を見つけてこちらにすっ飛んでくるところだった。

「シル、無事か!?」

　目を丸くするリューンなど視界にも入らない様子で、赤毛の男はシルフィアの身体をぎゅうっと抱きしめる。

「ツァイル！　よかった、ずっと捜してたのに、どこにもいないんだもの」

　おっとり笑うシルフィアとは対照的に、赤毛の青年は鬼気迫る勢いだ。

「この街は危険だ、シル。早く帰るぞ」

「帰るって、まだ来たばかりなのに」

　そう言う彼の褐色の頬や服のあちらこちらに、女性の口紅がついていた。

　おおかた、シルフィアに目をつけたスラムの連中が、女性を使ってツァイルを彼女から引き離したのだろう。ありがちな話である。

　ツァイルという青年は、女性の誘いにほいほい乗りそうな男には見えないし、日に焼けた顔は青ざめ、表情もかなりげんなりしている。よほど恐ろしい思いをしたに違いない。

　その命からがらの様子には、同情を覚えた。リューン自身も、強引な女性の圧力には辟易するほうだ。

「こんなところをうろうろしていたら、命がいくつあっても足りない。無理だ」

「それがいいと私も思う、シルフィア嬢。彼の言うとおり、今日のところは帰っては？」

リューンが言うと、赤毛の男はようやく彼の存在に気づいたようだ。

「あんた、さっきの」

「よく事情はわからないが、あなたがたの村とビアレンは気風がだいぶ異なるようだし、シルフィア嬢、ここにあなたを大事に思っている男性がいるではありませんか」

どう見たってこの赤毛の青年、シルフィアのことが好きではないか。

しかし、ツァイルにはリューンの言葉が不愉快だったようだ。鋭い漆黒の瞳で彼をにらみつけると、リューンの前に立った。

わずかだがツァイルのほうが長身のため、見下ろされる格好になり、そのただならぬ威圧感にリューンは思わず身構える。

「シルが何を言ったか知らないが、余計な口を挟むな」

「ではさっさと故郷に帰ることだ。女の誘惑に抗しきれずに彼女を見失うようでは、とてもビアレンではやっていけない」

「……誰が女に誘惑されただと!?」

胸倉をつかまれそうになったが、リューンがそれをかわしたのと、シルフィアがツァイルの手を止めるのは同時だった。

「だめよツァイル、リューンさんは違うから！」

何のことだかわからないが、シルフィアに「違う」と言われ、なぜかリューンは頬を赤らめた。

「ごめんなさい、お騒がせして。ツァイルを捜してくださりありがとうございました！このご恩は決して忘れません。それでは」

シルフィアはぺこっと頭を下げると、ツァイルの腕をつかんだまま引きずるように詰所から出て行った。

「閣下……なんなんです、彼らは」

ツァイルを見つけて連れてきた衛視に尋ねられ、リューンは頭を振った。

「よくわからないが、今日ビアレンに初めて来たそうだ。監視する必要はないが、すこし注意を払っておいてくれ。娘がシルフィア、赤毛の男はツァイルというそうだ」

「かしこまりました」

ふたりが出て行った戸口に目を向け、リューンは小さく息をついた。

＊

衛視たちの詰所を後にしたシルフィアとツァイルは、どうにか街の古物屋でいくつかの宝石を現金に換えたものの、それだけで疲労困憊の体《てい》だった。

暮れなずむ空を見上げ、街外れの川原にふたりして座り込んでいる。

「泊まるところ、探さなくちゃ」

「俺はもう無理だ。人間の街のことなんて、俺にはわからねえ。帰るぞ」

「帰るといっても、ここで竜に戻るわけにはいかないでしょう？　街から遠ざからないとだめだし、そこまで歩く元気も……」

こうして座り込んでいるだけでも、道行く人が物珍しそうにシルフィアの顔を覗き込んでいく。とくに男性が彼女に向ける目には、好奇心以上のものが含まれている気がしてならなかった。

「街の人間は狡猾で、油断がならない。とくにシル、おまえは美しい娘だ。見ろ、さっきから男どもがおまえをジロジロと脂下《やにさ》がった目で見ていく。反吐が出そうだ！」

唾でも吐きそうな顔をする彼とは対照的に、シルフィアは白い頬を朱に染める。

「ツァイルに美しいなんて言われると、照れますね……」

オジジたちは彼女を「かわいいシルフィアや」と呼ぶが、小さな頃からそう呼ばれていたので、すでに「シルフィア」にかかる冠辞と化していた。

竜にとって、人間の見た目の美醜は意味あるものではないし、ツァイルに容姿について言及されたことがこれまでに一度もないので、意外でもあり、照れ臭くもあった。

「俺は人間の視点から客観的に言ったにすぎない。照れる必要はないどころか照れている場合じゃないぞ。おそらく、人間の男はおまえを見て美しいと思うんだ。さっきの騎士も、明らかにおまえの顔を凝視してたじゃないか」

「私が不審だったからじゃないでしょうか……それに、リューンさんとはうまく会話が噛み合っていなかったような……。私、ヘンなのかも」

「ふん、わかってないな。ともかく男どもには気をつけろ」

「そう言うツァイルも男の人ですが」

「俺は竜だ！　人間の野郎なんかと一緒にするな！」

ツァイルがいくら息巻いても、ここで座り込んでいたら日が暮れてしまう。シルフィアは立ち上がった。

「とにかく、今晩の宿を探しましょう。疲れてるなら、私がひとりで探してきますよ」

「ひとりにさせられるか。余計に疲労が増すだけだ」

シルフィアが苦笑したそのとき、城塞のほうからうねるような人々の歓声が聞こえてきた。見れば、大勢の人が同じ方向に向かって走っていく。

「何かあったのかしら」

「人間どもの騒ぎなんか知ったことか。人が少なくなったなら、今のうちに宿を……」

言いかけてから、ツァイルが弾かれたように空を仰ぎ、鋭い目を見開いた。

「竜の声だ」

「え？」

耳を澄ましてもシルフィアの耳には人々の喧騒しか聞こえてこない。しかし、ツァイルの耳には、人には聞こえないものが聞こえるのだ。

「さっき、竜を捕まえに行った人たちが？　でも、あの竜はツァイル……」

「シル、行くぞ」

人の波に流されてたどりついたのは、城塞にほど近い広場だった。昼間、シルフィアとツァイルがはぐれた大通りにも近い。

人ごみに紛れてしまい、小柄なシルフィアの視界には人々の背中しか見えなかったが、何が起きているのかは、周囲の喧騒に耳を傾けているとすぐに判明した。

「とうとう竜を捕まえたらしいな！」

「いったいどなたかねえ。お、荷馬車がくるぞ！」

何頭もの馬を立てて大きな荷車を曳いた馬車が、ゆっくりとこちらへ向かってくる。

「見え、ない……！」

ぴょんぴょん跳ねて竜を見ようとするシルフィアの身体を、ツァイルがひょいと高く抱き上げる。

大きな木の檻に入れられた竜が、たくさんの馬が曳く荷馬車に乗せられていた。口を鎖で縛られ、檻に阻まれて身動きも取れていない。

「女の子だわ、鎖で縛られてる。なんてかわいそうなことを……」

「まだチビだから確かなことは言えねえが、あれは恐らく——風竜か」

「精霊竜なの？　どうしよう、なんとか助けてあげないと」

だが、人々は熱狂の中で大歓声を上げていて、竜が怒り狂っていることにも気づいていない。この国では、竜を捕らえることこそが一大事業なのだ。

檻の前には金髪の青年が立ち、人々の歓声に応えて手を振っていた。彼がこの竜を捕らえた英雄らしい。

「アヴェン王子だ！　二十年ぶりの竜騎士はアヴェン王子だぞ！」

荷車はシルフィアの目の前をゆっくりと通り過ぎ、どんどん街の中へと向かう。子供たちだけではなく、大人も興奮してその後ろを追いかけた。

今や、街中がひっくり返ったように大騒ぎだ。

シルフィアとツァイルも、もみくちゃにされながら竜を追いかけたが、荷馬車は橋を渡って貴族街に入ってしまい、それ以上の追跡はできなかった。

王城とそれを取り囲む貴族街ラスコスは、ビアレンとは別の区画にあるのだ。その境目の川には大きな橋がかかり、砦には大勢の騎士が詰めている。庶民は橋を渡れないようだ。

それでも、竜を捕らえたことがよほどめでたいらしく、橋のこちら側では、あちこちで

「新たな竜騎士誕生だ！」「アヴェン王子に乾杯！」と声が上がり、異様な盛り上がりを見せていた。

「どうしよう、ツァイル」

「シルが危険を冒して助け出す必要はない。いくら精霊竜といえど、人間に捕らわれて終わるならそれが運命。死ねば、また新たな風竜が生まれるだけだ」

ツァイルはそっけないが、本当は数少ない同胞を助けたい気持ちでいっぱいのはずだ。きっとシルフィアが無茶をすることがないよう、あえて無関心を装っているのだろう。十年以上も共に過ごしてきたのだから、彼の気持ちはわかっているつもりだ。

やがて、人々は熱狂冷めやらぬまま街へ戻っていったが、シルフィアは竜が気になってその場から離れられずにいた。

「……シル、気持ちはわかるが、一晩中こうしているつもりか？　宿を探すんじゃなかったのか」

気がつけばとっぷり日は暮れていて、辺りは真っ暗だ。

「そうですが、とても休む気にはなれなくて……」

「人間どもは風竜を殺すつもりじゃない。奴らは竜騎士の復活を待ち望んでるんだ。もっとも、さっきの人間に風竜を乗りこなす才覚があるとは思えねえがな。あの竜も、チビと言えど精霊竜には違いない。その力があるなら、自分でなんとかする」

「でも……」

立ち去り難くて橋の近くをうろうろしていると、橋を警備している騎士がやってきた。

橋の袂には立派な構えの砦があり、通り過ぎる人や物を検《あらた》めているようだ。

「竜のお披露目は近いうちにあるだろう。おまえたち、今日はビアレンに戻れ」

「あの竜、いつ見れますか？　とっても気になって……」

「アヴェン殿下が竜を乗りこなすようになれば、いつでも王都の上空で見られる。いつまでもここをうろうろしていると、捕らえるぞ」

そう言われては立ち去るしかない。

後ろ髪を引かれる思いでビアレンに踵を返しかけたが、こちらに近づいてくる騎馬に気づき、シルフィアは立ち止まった。

「君たちは……！」

単独で馬を駆るのはリューンだった。彼は驚いて馬を下りた。

「こんなところで、竜の見物かい？」

「さっきの竜、リューンさんも見ました!?」

「私はまだ見ていないが……」

シルフィアはキランと菫色の瞳を輝かせ、リューンを下からじっとみつめた。その強い目力に動揺して彼が後退《あとずさ》ると、シルフィアはさらに大きく一歩踏み出す。

「リューンさんなら、この橋の向こうに行けるんですよね？　私、竜が見たいです……！」

「おい、シル……」

　ツァイルが止めようとするが、彼女は必死だ。

「生憎《あいにく》だが、向こうへ行っても竜が見られるとは限らない。それに、君の目的は竜ではないだろう？」

　指摘されて、シルフィアは己の目的を思い出した。子種をもらって村に帰ること、それに尽きるのだ。

「ですが……」

「正直なところ、君がその目的のままビアレンに滞在していると、我々の仕事が増えそうですこし迷惑だ。悪いことは言わないから、早く故郷へ帰りなさい。そんなに竜が見たいなら、私の言ったことに納得ができたとき、落ち着いてビアレンに来るといい。ただの観光なら大歓迎だ」

　やんわりと退去を求められたが、シルフィアはめげなかった。

「それなら、リューンさんに種をわけていただくことはできないですか？　どうやら、大っぴらに言ってはいけないことのようなので、事情を知っているリューンさんなら……」

　そう言ってみると、彼は明らかに青ざめ、物理的にシルフィアから三歩下がった。

「なっ……だから！　君はさっき私が言ったことを聞いていなかったのか!?」

「聞いていました。心のある相手ですよね。ですからリューンさんにお願いしてます。リューンさんにはとってもやさしい心があると思うんです。駄目ですか？」

「……それ、なにか意味がちがうかな⁉」

彼が暑くもないのに額に汗を浮かべているのを見てシルフィアは首を傾げたが、ツァイルに手を引かれてリューンから離された。

振り向くと、さっきの騎士が険しい顔でこちらに向かってくるところだ。

「ヴァリレエ公爵閣下、いかがされましたか。こやつら、さっきからここをうろついて離れんのです。あやしい奴らめ、逮捕しましょう」

騎士が剣を抜きかけたので、ツァイルがシルフィアを背中に庇い、身構えた。

しかし、騒ぎを回避するようにリューンが手を振って騎士を遮る。

「――大事ない、彼らは私の客だ。通してやってくれ」

シルフィアとツァイルは目を見合わせた。あれだけシルフィアを固辞していたリューンが、客人として橋の向こうに通してくれるというのだ。

……リューンの整った顔は、どこか引きつっているように見えたが。きっと、ここで騒ぎを大きくするのがいやだったのだろう。

「ヴァリレエ公爵閣下の客人、ですか？」

「ああ。すまないが、邸まで馬車を出してくれないか」

騎士は腑に落ちないようだったが、リューンの言葉には逆らえないらしい。恭しく頭を下げると、橋の袂の呰で馬車を用意してくれた。

こうしてシルフィアとツァイルは、まんまと橋を渡り果《おお》せたのだった。

＊

半ば無理やり押しかけたリューンの家は、城だった。

ティルディアスの村にあるシルフィアの家は、先祖が建てた木製の小屋である。部屋数こそ三つあったが、すべての部屋を移動しても五十歩は必要ないだろう。

それに引き換え、この白亜の大豪邸！　擦り切れた絵本で何度も読んだ、王さまの住むお城そのものだ。

馬車を降りると玄関に侍従たちが出迎えにきたが、彼らはリューンが連れ帰った突然の珍客に驚きつつも、何ら疑問を挟むことなく客間へと通してくれた。

「立派なお城……」

石造りの宮殿に圧倒され、好奇心の赴くままにきょろきょろと辺りを見回すシルフィアだったが、リューンの疲れた顔に出会って、現実に引き戻された。客間の座り心地のいいソファに浅く腰をかけ、すこし小さくなる。

さすがに、押しかけ客の自覚はあった。ビアレンに滞在していると迷惑だと、きっぱり言われた矢先である。

「あの、ご迷惑でしたよね……」

「まあ迷惑というか、これ以上、面倒を大きくするよりは、この方が手っ取り早いので招待した。その様子では、どうせ今晩の宿も決まっていなかったんだろう？」

「そういえば、はい」

見事に図星を言い当てたリューンだが、当たったところで特にうれしそうでもなかった。

「最初に言っておくが、さっき君が言ったことはすべて却下だ。相手探しは他所《よそ》でやってほしい」

「……リューンさんでしたら、若くて健康で誠実な男性の条件にぴたり当てはまると思ったのですが。種の受け渡しは、かなりのご負担になるのですね」

「受け渡し……」

しゅんとしながら言うと、リューンは理解しがたい顔で小さくつぶやいた。

「わかりました、もう言いません。変なお願いをしてごめんなさい。それで、すべて却下というのは、竜を見るのも……？」

こちらは子種よりよほど現実味のある問いかけだったらしく、理解不能という顔はされなかったものの、彼は首を横に振った。

「竜を捕らえたのは、この国の王太子であられるアヴェン殿下だ。私は基本的に目通りさせてもらえないし、竜に近づくのは無理だろう」

「でも、リューンさんは公爵さまなんですよね？　公爵さまはとっても地位の高い貴族だと聞いたことがあります。それでも……？」

「残念だけどね」

王国の成り立ちや構成、同じ人間でありながら身分という序列があること、人間社会の常識と言われるものは、だいたいオジジたちに聞いたり本で読んだりして知っている。

――子づくりに関する知識以外は。

「そうだったのですか。重ねがさね、無理なお願いをして申し訳ありません」

シルフィアがあからさまにがっくり肩を落としたからだろうか、リューンは硬い表情を崩してすこし笑った。

（あ、笑ってくれた）

考えてみれば、シルフィアと話すときの彼は、驚いたり困ったり呆れていたりと、そんな表情ばかりしていた気がするから、笑ってくれたことが思いがけずうれしかった。

初めてリューンと目が合ったときと同じで、胸の奥がざわつく感じがする。

「……竜舎は城門の中にあって、そこまでは入れる。だけど、遠くからこっそり覗き見するのが精いっぱいかな。運がよければの話だけど」

「それは、見に行ってもいいということですか……？」

「ただし、明日になってからだ。好き勝手にどこへも行かず、黙って私についてくること。余計なことをしゃべらないこと。それが条件だ」

「はい、お約束します！　ね、ツァイル」

同意を求められたツァイルは、余計なことどころか一言もしゃべっておらず、徹底してシルフィアの背後に控えているだけである。

リューンの出した条件は、おもにシルフィア向けだった。

そのとき、部屋をノックする音がした。リューンが返事をすると、白髪の紳士が恭《うやうや》しく中へ入ってきて、ちらりとシルフィアに興味深そうな目を向ける。

「リューンさま、お客人の部屋の準備が整いました」

「ああ、ありがとう、クラヴェッツ。君たち、食事は？」

水を向けられて、シルフィアは反射的にお腹を押さえた。すると、白髪の紳士がにっこり笑う。

「軽食を運ばせましょう。しばし、お待ちください」

＊

(――妙な客を招いてしまった)

自室のバルコニーから、夜の闇に沈む王城を眺めながらリューンは吐息をついた。

珍奇な客人たちは先ほど食事を終え、家僕たちの案内で客室に引き取ったところだ。

昼間、初めてシルフィアと見《まみ》えたときは、本当に美しい娘だと思った。

見れば見るほど、心をざわつかせる面差し。

純真なまっすぐの瞳で、真正面からリューンをみつめてきた。天使のように無邪気な愛くるしさの中に、確固たる信念を秘めていたのが、彼にははっきり見えたのだ。

夕方、スラムの酒場で再会したときは、彼女との間にただならぬ縁があるのでは――そんなふうに思ってしまった。

これまでの二十三年の人生の中、己の研鑽《けんさん》に打ち込むあまり、女性に目を向けたことなどただの一度もなかったのに。

そんな自分が、生まれて初めて目を奪われたのが、あのシルフィアという娘だ。

惹かれない理由などあるだろうか。あんなに可憐で、触れてはならない繊細な硝子細工《ガラスざいく》のような少女だ。

――子種をわけてもらいにきました、という驚愕の発言を聞くまでは。

(私は、女性に対して免疫がなさすぎるのか……?)

いや、免疫がどうこういう話ではないだろう。

ここレスヴィアーザ王国において、男女間のそれは当事者同士の秘め事である。おおっぴらにする話題ではない。

むろん、街へ行けば娼婦宿などもあるが、それはまた別の話だ。

あれは、彼女の育った村の価値観なのだろうか。

(価値観とは恐ろしいものだな……)

あんな破廉恥なことを恥ずかしげもなく言ってのけるとは、いったいどんな環境が彼女を取り巻いているのだろう。

シルフィアにしてみれば、「子供をつくる」という生物としての本能は、恥ずべきことではないのかもしれないし、リューンの方こそおかしな価値観にとらわれているのかもしれない。

だが、メルフラフ通りで見たとおり、彼女の爆弾発言で血気に逸った男たちの乱闘騒ぎが勃発し、品行方正な衛視たちも逃げ出した。

やはり、彼女の言はレスヴィアーザではあたりまえではないのだ。

あのかわいらしい顔で、見も知らぬ男にまた子種をせがむのかもしれないと思うと、リューンには絶望しかなかった。

リューンが彼女の中に見た確固たる信念とは、子種取得への情念だったのだろうか。

そしてあのまま放置しておいたら、かなりの高確率でふたたび騒動を起こすだろう。

先々に想像できる危機を回避するのも、ヴァリレエ公爵として、ビアレンの治安を守る者としての務めである。それらを勘案して、仕方なく自邸に招待したのだが……。

そのとき、夜の空に咆哮《ほうこう》があがった。

(アヴェンさまの捕らえた竜の鳴き声――)

瞬時に血が沸き立つ錯覚に囚われ、リューンの濃緑色の瞳は虚空に強く引きつけられた。

彼の父は、この国の最後の竜騎士だった。

幼い頃から竜の話を聞いて育ったリューンは、竜騎士への憧れを幼い胸に抱き、いつしか自分も竜騎士になるのだと固く誓うようになった。だが、肝心の竜がいなくなり、その存在は宝石よりも貴重なものとなってしまった。

しかし、こうして竜を捕らえてきたということは、この世界から竜が絶滅してしまったわけではないのだ。それはかすかな希望をもたらしてくれる。

「アヴェンさまが、次の竜騎士か……」

羨ましくはあるが、竜騎士とは、自らの手で竜を捕らえて背に乗り、そこで初めて得られる栄誉ある称号だ。リューンが竜騎士となるには、別の竜を探し出さなければならない。

(でも、もう一度見てみたい……本物の竜を)

バルコニーの手すりをつかむ手に、力が籠る。

リューンはアヴェンに嫌われている。竜に触れることはおろか、間近に見せてもらえることもないだろう。わかっていたから、竜を見るために城へ行くつもりはなかった。

しかし――。

実は、騒動を回避するために彼らを招いたというのは、口実だ。

リューン自身も竜を見たい。あの少女の願いを叶えるついでに、自分もそのおこぼれに与《あずか》れたら。

そんな小さな打算があって彼らを招き入れた。

だが、それがまさか、彼自身に変化を巻き起こすことになろうとは、このときのリューンは夢にも思わないのだった。

*

軽食とは思えない豪華な食事でお腹も心も満たされたあと、公爵邸の優雅な浴室に目を瞠った。貸してもらったネグリジェの肌触りに感激し、ふかふかでやわらかくてあたたかなベッドに大興奮のシルフィアが寝入ったのは、実に深夜を過ぎてからのことだ。

いつもは日の出とともに目を覚ますが、ベッドのあまりの寝心地のよさに、ノックの音に起こされるまでぐっすり熟睡していた。

「おはようございます、シルフィアさま。そろそろ起きるようにと旦那さまが仰っておいでですので、失礼いたします」

はっと目を覚まし、深々と彼女に頭を下げる侍女に気づくと、シルフィアはベッドから飛び出すなり、彼女の前でさらに深く頭を下げた。

「寝過ごしてしまいました、ごめんなさい」

「いえ、こちらこそよくお休みのところ、申し訳ございません」

「わっ、私、シルフィアと申します！　はじめまして……」

「ご丁寧にありがとうございます。わたくしはヴァリレエ家の侍女を務めております、ラナと申します。シルフィアお嬢さまのお世話をさせていただきます」

ぺこぺこ頭を下げ合っていたふたりだが、このままでは埒が明かぬとラナが話を変えた。

「今日はお城へ参られるとうかがっております。昨晩、アヴェン殿下が連れ帰った竜を見にいくのだとか」

「はい――そうなんです！　リューンさんが竜を見に連れていってくださるんです！」

菫色の瞳をきらきらさせながら言うと、侍女はまぶしそうに目を細めた。

「シルフィアさま。僭越ながら、旦那さまは国王陛下の甥御《おいご》さまで、この国においては極めて地位の高いお方でございます。せめて、リューンさまと」

「あ、そうなのですね、すみません。やっぱり、リューンさまはとても身分の高い方なんですね。国王陛下の甥御さまということは、王子殿下とは……」

「御従兄弟《おいとこ》同士であられますよ。旦那さまのお父上が、国王陛下の兄君に当たります」

昨晩、リューンは王子には目通りがかなわないと言っていたが、従兄弟なのに気軽に会うことはできないのだろうか。

「目立たぬようにとの旦那さまのご指示でしたので、侍女のお仕着せを用意させていただきました。あの、本当にこのような服装でよろしいのですか？」

侍女はすこし困ったように、自分と同じお仕着せをシルフィアに差し出した。

シルフィアとツァイルがどのような客人なのか、彼らは詳しく聞いていない。ゆえに、公爵の連れてきた客に使用人の服を着せるのは、畏れ多いことでもあった。

「とんでもないです、とても素敵です！　服までお貸しくださるなんて恐縮です」

ヴァリレエ家の侍女の服は、簡素な白いブラウスに、紺色の長いスカートだ。機能性を重視するがゆえに飾り気は少ないが、シルフィアが古布で自作する服とは比較にならないほど、華やかな印象を受ける。

服を受け取りにこにこ笑うと、侍女は頬を赤らめてうつむいた。

「シルフィアさまのような美しいお嬢さまでしたら、ドレスを着つけてさしあげたいところですのに」

侍女はリューンの指示に不満そうだったが、それでも着替えた彼女の白金の髪をきれいにまとめ上げてくれた。

支度を終えて部屋を出ると、隣の客室からツァイルが出てくるのとばったり出くわした。彼も従僕のお仕着せを着せられ、窮屈そうに顔を歪めている。

「おはよう、ツァイル。とても素敵ですね！」

「きつくてかなわねえ。シル、用が済んだらとっとと帰るからな」

「でも、種をもらうのは難航しそうです……いつ帰れるか」

侍女に連れられてきた食堂では、リューンがすでに待っていた。一分の隙もなく騎士の制服で身を固め、今日は黒髪をきっちりと撫でつけている。

彼は髪をまとめたシルフィアを見て、その深緑色の瞳を見開いた。

「あの、やっぱり私、ヘンですか？」

「い、いや……その、失礼した。髪を上げるとだいぶ印象が変わるので驚いた。昨晩はよく眠れたかい？」

「はい！　あんな寝心地のいいベッドは初めてで、寝過ごしてしまいました。竜を見に連れて行ってくれとせがんでおきながら、お待たせして申し訳ありません」

「構わない。さあ、座って早くおあがり」

食事をしながら、リューンが今日の段取りを説明してくれた。

シルフィアとツァイルは、リューンのお供をして城に上がり、彼が国王に挨拶をしている間は馬車の中で待つことになる。終わり次第、城の裏手にある竜舎へ一緒に向かうというものだ。

「国王陛下にお目通りを許されるのに、王子殿下にはお会いできないのですか？」

何の気もなく純粋な疑問をシルフィアは口にしたつもりが、給仕をしていた侍女たちが息を呑んだ。触れてはいけない話題だったらしい。

だが、リューンは穏やかに笑って紅茶のカップを受け皿に戻した。

「私は王子殿下に嫌われている。それだけのことだよ」

「あぁ……。失礼しました」

納得してシルフィアは食事を続けたが、ふいにリューンが笑い出したので、顔を上げた。

「君はおかしなお嬢さんだね、シルフィア嬢。あんまりめちゃくちゃなことを言うから、すこし常識外れな子だと思っていたけれど、意外とそうでもないようだ」

王子との仲を特に追及することもなく、シルフィアが話題を引っ込めたので、リューンにはそれが意外だったらしい。

「常識外れ……やっぱり、おかしいんでしょうか私……」

「ああ、ごめん。おかしくはないよ、生まれ育った環境と価値観の違いだろう。――アヴェン殿下と私は同い年の従兄弟同士で、子供の頃は仲が良かったと記憶しているが、今はそうではない。そういう理由から、殿下が私に竜を見せてくれるかどうかはわからないんだ。君の期待に応えられず、申し訳ないが」

シルフィアはあらためてリューンの顔を真正面にみつめた。

こんなにも穏やかで誠実そうで、とてもお人好しな青年なのに、王子は彼の何が嫌いなのだろう。

「リューンさまみたいな素敵な方を嫌うなんて、王子殿下はもったいないことをしますね」

素直に思ったことを口にすると、リューンは驚いた顔をしたが、すぐにやさしい表情で笑ってくれた。

*

食事をしてから予定通り馬車に乗り込み、リューンが謁見している間はおとなしく馬車の中で待った。

だが、仏頂面のまま窓の向こうを眺めているツァイルはひどく不機嫌そうだ。

「ツァイル、昨晩からずっと静かですね。やっぱり、人間の姿は窮屈？」

「別に。ただ気にくわないだけだ。種なんかなくたって、村が滅びたって別に構いやしねえ。おまえはひとりきりになって淋しいと言うが、シルの一生を見守るくらいの時間、俺にはあるんだ」

「でも、私もグレヴァもいなくなったあと、ツァイルは？　私、ツァイルがひとりきりで長い時間を過ごすなんて、考えたくないです」

「そんな先のこと。竜は絶滅したわけじゃない。現に、風竜が生まれている。すくなくとも精霊竜は、六頭は存在するんだからな」

「でも、水竜は？　闇竜が地に堕ちた後、三百年経っても光竜は現れない。そのせいか、たくさんの亜種も姿が見えなくなった。世界の均衡はどんどん崩れているのに、こんな不確かな世界にひとりきりなんて……」

「人間の一生と、竜の一生を同列に考えるな。俺はシルが生きている限り、ずっとおまえの傍にいる。世界はまだ崩れていない。もう、それでいいじゃないか」

シルフィアの頭を抱き寄せ、ツァイルは自分の額を彼女のそれと重ねた。

「ありがとう、ツァイル。でもまだあきらめるのは早いです。だって、昨日ここに来たばかりだもの。今回、種が無理だったとしても、風竜のことはやっぱり気がかりだし。もうしばらく付き合って」

シルフィアもツァイルの燃え盛るような見事な赤毛に触れ、ぎゅうっと彼に抱きつく。

「……しょうがねえなあ」

彼女に頼まれれば、いやとは言えない性分の火竜だ。シルフィアの小さな頭を人間の手でかき抱き、結い上げた髪が乱れない程度にぐりぐりと撫でた。

そのとき、馬車の扉がノックされた。見ると、リューンがそっぽを向きながら戸を叩いている。

「国王さまとの謁見、終わりましたか？」

シルフィアが扉を開けると、リューンは気まずそうに視線を泳がせながらうなずいた。

「その、邪魔をして申し訳ない。今、陛下だけではなく、城中の人間が竜舎に集まっているようだから、行くなら今がいいと思って……」

「邪魔なんて！　ツァイルと今後のことについて話し合っていただけですから。風竜の様子はどうしても知りたいので、早く行きましょう！」

馬車から飛び降り、シルフィアはなぜか頬を赤らめているリューンを急かす。

しかし、リューンは彼女の言葉に足を止めた。

「今、風竜と言った？」

「あ――はい。昨日の竜は、たぶん風の精霊竜だと思うんです。暗くてよく見えなかったのですが……間違いないと思います」

「精霊竜？　それは聞いたことがないな。ただ、この国に最後にいた竜が風竜ということは知っている。かつて、父が乗っていた」

「リューンさまのお父さまが風竜に乗っていらしたのですか！　とても長生きした竜ですよね」

以前の風竜は、グレヴァと同じ時代に生まれた古い竜だが、二十数年前に死んだと聞いていた。

「君、竜に詳しいの？」

そこまで言ってしまっては、今さら知らぬ存ぜぬで誤魔化すこともできない。シルフィアはうなずいた。

「村の言い伝えの範囲ですけれど。竜には、特異な性質を持たない一般的な亜種と、精霊の力を持った精霊竜の二種があるんです。精霊竜は常に六頭いて、火、水、風、大地を司る四大精霊、あとは光と闇です。昨日の子は、まだ小さいのではっきりはしませんが、風を司る風竜だと思いました。きっと、先代の生まれ変わりですね。精霊竜は同時代に一頭ずつしか生まれてこなくて、死ぬと次世代が生まれるんだとオジジさまから聞きました」

城の裏手にある竜舎へと向かいながら、リューンはシルフィアの言葉を一言も聞き漏らすまいと真剣に聞いている。

「それは初めて知った……ということは、あの竜以外にも、最低でも五頭はいることになるね。君の村は、なんと？」

そのとき、向かう先から竜の鳴き声が聞こえてきた。高い青空に、鋭い竜の声が吸い込まれていく。

「竜だ……本物の……」

リューンは竜の鳴き声を聞いて興奮したのか、駆け足になるが、後を追うシルフィアはツァイルを見て表情を曇らせた。

彼女の耳には、それは竜のあげる悲痛な叫びに聞こえたのだ。

向かった先は高い塀に囲われており、壁面には屋根のついた竜舎が残されていた。竜舎の手前は、竜騎士たちの訓練場として広場になっている。

かつてはここに多くの竜と竜騎士たちがいたのだろう。空っぽの竜舎には、どこか寂れたような物悲しさが漂っていた。

だが今は、城内から大勢の人間が——騎士はもちろん、文官や使用人、華やかな装いの貴婦人までもが広場に詰めかけているので、中に入るのは拍子抜けするほど簡単だった。

城内の警備をしている衛兵ですら、広場が気になって仕方がない様子だ。

二十数年ぶりに竜が帰ってきたのだ。城中の人間が沸いていた。

竜舎の広場の中央に脚を鎖でつながれたままの竜がいて、怒り狂って鎖を引きちぎろうとしている。

幼竜とはいえ体高は人間の倍近くはあり、見上げる大きさなので、本気で暴れていると迂闊《うかつ》に近づくこともできない。

竜の前には鎧兜で全身武装をした騎士がいて、剣を構えて竜に立ち向かっていく。

「どうして剣なんて……」

「竜は捕まえるだけでは意味がない。その背中に乗らなければ、竜騎士を名乗ることはできないんだ」

リューンの説明に、シルフィアの表情はどんどん曇っていく。だが、人々は竜が動くたびに大歓声をあげていた。

「アヴェンさま、がんばってください！」

「ああ、尻尾が！　こりゃとんだ暴れ竜だなあ」

外野で声援を送る人々は、竜と王子の熾烈《しれつ》な争いを手に汗握って見守っているが、王子の剣が竜の表皮にたたきつけられるたび、風竜が怒りと悲しみの悲鳴をあげる。

竜の背後に回ったアヴェンが、がむしゃらにその背中によじ登ろうとした。しかし、振り向きざまに風竜は尻尾を振り回し、人間が背後に回り込むのを必死に防ぐ。

「あれじゃ、風竜を乗りこなすのは無理だな」

ツァイルの小さな声が、歓声の合間からシルフィアの耳にだけ届いたが、同感だった。

隣のリューンを見上げると、彼も両手を握りしめて竜と人の戦いに見入っている。

「リューンさま、止めたほうがいいです。下手をすれば王子さまが大怪我をしてしまいますし、竜も……」

言ってはみたが、リューンには止めることができないだろう。アヴェンとの不仲を聞かされたばかりだ。

「残念だが、私にそんな権限はないよ。殿下が無事に竜を手懐けるのを祈るしかない」

「でも、あんなやり方では……」

尾で振り払われたアヴェンが立ち上がり、正面から剣を構えて竜に打ちかかる。

その瞬間、大きく口を開けた竜は、鋭い牙の合間から風を巻き起こした。

重たい鎧兜に身を包んでいるはずの王子の身体は、竜の口から吐き出された強風をもろに食らい、木の葉のように宙を舞う。

「ああっ、殿下！」

人々の絶叫もつかの間、アヴェンはそのまま地面の上にたたきつけられて動かなくなってしまった。

「やっぱ、風竜だったな」

ツァイルはほら見ろと言わんばかりだが、人々はそれどころではない。騎士たちが大急ぎでアヴェンの身体を担架に乗せ運んでいくのを固唾を呑んで見守っている。

担架はこちらに近づいてきて、リューンのすぐ目の前を通過した。

「ちくしょう……！」

王子の悔しそうな声が小さく叫んだとき、リューンがとっさに「健闘なさいました」と声をかける。

すると一瞬の沈黙の後、アヴェンの忌々しげな声が兜の中からくぐもって響いてきた。

「貴様のような下賤の者がなぜ神聖な竜舎にいる！　早く出ていけ、二度と近づくな！」

近くでそれを聞いていた人々が顔色を変えるのを、シルフィアは見た。

たちまち空気が凍りつき、リューンの傍から逃げていく。

「……差し出がましい真似をして申し訳ございません。行こうか」

リューンは言い、シルフィアとツァイルを振り返ると竜舎を後にする。

そんな彼の後ろ姿と、広場の真ん中で怒り叫ぶ風竜の姿を見比べ、シルフィアはあわててリューンの背中を追いかけた。

＊

やや気まずい帰還ではあったが、本物の竜を見たリューンの頬は上気し、しきりに拳を握りしめて興奮を抑えていた。

「やはり、本物の竜は迫力がある。他の竜も、どこかにいるのだろうか……」

「おまえも竜を捕らえて、屈服させたいのか」

邸の居間に戻ると、それまでほとんどリューンに声をかけることのなかったツァイルが吐き捨てる。

「屈服？　そんなつもりは毛頭ない。私は以前の風竜を直接見たことはないが、父は竜騎士で、その騎竜を敬愛していた。主従ではなく、信頼関係で結ばれていたのだといつも誇らしげだったよ。そんな父に、幼い頃からずっと竜への愛を聞かされて育ったのだから」

「ふん……」

「だが、竜の背に乗るのは容易なことではないのだろうな。子供の頃、一度だけ本物の竜を見たことがあるが、あの迫力は……」

昔を思い返すようにリューンは視線を遠くに投げたが、気を取り直して息をつき、シルフィアとツァイルの正面のソファに腰かけた。

「シルフィア嬢、君はずいぶん竜に詳しいようだが、なんという村から？」

「はい、ティルディアスです」

そう答えた瞬間、彼の深緑色の瞳が大きく見開かれた。

「ティルディアス――って、レスヴィアーザの初代国王、アルティアス一世の兄君の？初めて竜の背に乗った人だ！　本当に存在した!?」

「ご存じですか？」

「史実とは知らなかった。当時、我が国と竜たちの多く棲まう山に異国の侵略があり、それまで互いに不干渉だった人間と竜が共闘し、侵略を退《しりぞ》けたという言い伝えがある。以来、ティルディアスどのが人間と竜の和睦の懸け橋になって竜の楽園に残り、弟のアルティアス一世がレスヴィアーザを治めたのだとか。和睦の証として、多くの竜がレスヴィアーザにやってきて、人間と共生するようになった……」

「それは事実です。ティルディアスは竜たちの棲んでいた山の中腹に村をつくって、竜の世話をしながら生活してきました。私はその子孫です」

するると、リューンの瞳が期待に満ちた目を向けてくる。

「では、今もその村に……？」

竜がいるのか。彼はそう聞きたかったのだろう。

しかし、シルフィアが口を開くより先に、ツァイルが遮った。

「今は村にも竜はいない。この百年で急激に数を減らし、最後の一頭もいなくなった。人間が、竜を狩り殺したせいでな」

その人間の代表格がリューンだとでも言いたげに、ツァイルは彼をひと睨みして居間を出ていってしまった。

「私はどうも、彼に嫌われているようだ」

「ごめんなさい。悪気はないのですが、こういう大きな街は初めてなので、すこし気が立っているみたいです」

「竜とともに暮らしてきた村の人ならば、人間を——とかく街の人間を責めたくなる気持ちはわかる。一部の心ない者たちの所業とはいえ、竜の信頼を裏切ったのは人間の側だ」

リューンは頭を垂れた。

人間と竜は、信頼関係の上に成り立って共生を続けてきたはずなのに。

だがあるとき、人々は気づいてしまった。

竜の体のある部位に、人間のどのような病をもたちどころに治す力があるということを。

『竜玉《りゅうぎょく》』と呼ばれるそれは、幼い竜の喉を切り裂いて取り出される喉笛だ。

その事実が広まると、人間たちは幼竜を狩っては殺し、喉から竜玉を取り出して高値で売り捌くようになった。

もちろん、王国内では竜狩りや竜玉の売買を禁じる触れが出され、取り締まりも行われたが、諸外国の王侯貴族や金持ち相手に闇取引され、完全に封じることはできなかった。

それが百年ほど前のことで、以来、竜は激減した。絶滅したという噂も流れたが、レスヴィアーザから遠く離れた外国では、今でも竜玉は高値で取引されているという。

どこかに竜はいるのだろう。だから、風竜も捕らえられた。

「そんな、リューンさまのせいではないですよ」

「だが、王国として竜を守ることができなかった。彼らが人間を見限るのは当然だろう。せめて、アヴェン殿下があの風竜を丁重に遇してくだされぱいいが……」

ため息交じりにリューンは言うが、シルフィアは首を横に振った。

「アヴェン殿下は、風竜を乗りこなせないと思います。あの子、大勢の前で鎖に繋がれて剣を向けられてすごく怒っていましたし、あの鳴き声は、悲しくて泣いている声です。あのままでは遅かれ早かれ、あの子は死んでしまう……」

「君は、竜の言葉がわかるのか？」

「あ、そんな気がするだけですが、竜も人間と同じく、いえ、人間以上に頭のいい生物です。そして、私たちと同じく感情を持っています。あんなふうに鎖で縛られて剣にさらされて、リューンさまだったらその相手を信頼できますか？」

「………」

グレヴァやツァイルは長年、人間と暮らしてきたので、人間の言葉を話すことができる。だが、あの風竜はまだ幼く、人間と親しく過ごしたことはないようで、ただただ咆哮をあげるだけだった。

それが出会った頃のツァイルに似ている気がするのだ。思い出すと、ちくりと胸が痛む。

ふとシルフィアはリューンの顔を見た。

「リューンさま、ひとつ聞いてもいいですか？」

「内容によるな。なんだい？」

「さっき王子殿下が、リューンさまに向かって『下賤の者』と言っていました。リューンさまとアヴェン王子は従兄弟同士なんですよね？　それなのに、どうしてあんな」

そして、周囲でそれを見ていた人々も、気まずそうにその場から離れていってしまった。

ふたりの間にただならぬ確執があるように思えてならない。

「ああ……これのせいだろう」

リューンは自身の艶やかな黒髪を指に絡めた。

「髪、ですか？」

「昨日ここへ来て、街にいた人々を見て、どうだった？」

「……言われてみると、金髪や茶色の人が多かった気がします」

アヴェン王子も、抜けるように純粋な金髪をしていた。

「そう。黒髪はレスヴィアーザ人の色ではない。私が黒髪ということは、よそ者の血が流れているということになる。はるか昔、レスヴィアーザに侵攻してきた異国の軍は黒髪が主だったという。以来、黒髪はレスヴィアーザでは忌避される傾向にあるんだ。過去、黒髪の人間はレスヴィアーザでは敵であり、奴隷扱いだった。現代では気にしない人も街には大勢いるし、黒髪の人間だって皆無ではないが、やはり王族ともなると……」

だから王子はあんなことを言ったのだ。理由はわかったが、納得はできなかった。

「そんなのリューンさまのせいではないし、髪色がなんだって、同じ人間なのに。リューンさまのお父さまは……？」

「生粋のレスヴィアーザ人だ。だから、母が黒髪だったんだろう。でも、父は私の母がどこの誰なのか、一切口にすることがなかった。そして、その秘密を抱えたままあの世に逝ってしまった。父や私をよく思わない一部の者たちが、裏街で娼婦に産ませたのだろうと心ないことを触れ回っている。アヴェンさまがそれを鵜呑みにしたのかどうかは、私にもわからないが」

「そんなことが……」

シルフィアの表情が曇ったせいか、彼は安心させるように微笑した。

「父は母のことを何も話してくれなかったが、きっと母を愛していたのだと思うよ。こうして私を育ててくれた。とてもかわいがってくれた。それがすべての答えだと思っている」

そう言って笑うリューンはとてもやさしげだ。彼がどれだけ父親に愛されて育ったのかが顔に書いてある。

「私はリューンさまの黒髪、とても好きです。黒曜石みたいにつやつやしていて、きれいな宝石みたいですもの！」

べつに慰めで言ったわけではない。シルフィアにとって黒髪は特別珍しいものだし、初めて出会ったときも、きれいな緑色の瞳と艶やかな黒髪に視線が釘付けになったほどだ。

すると、彼は目をまん丸にして呆然とシルフィアをみつめ、頬を赤らめた。

「あ、ありがとう……」

彼女から視線を外して頭に手をやるリューンを見ていると、胸がトクンと大きく動いた。

そして、なぜかそれを気恥ずかしく感じる。

「で、でもそうしたら、私とリューンさまは遠い親戚なのかもしれないですね」

謎の動揺を隠して思いつきを口にしてみると、リューンは瞠目した。

「ああ、言われてみればそうだね。だからかな、君の顔に安心感があるのは」

「安心感……？」

「懐かしいというか……記憶の深いところに覚えがあるというか……」

血縁関係があったとしても、何百年も前に分かれた血筋だ。それでも、遠いところに縁《えにし》があるのだと思ったら、自然と頬がほころんだ。

「そうだったらうれしいです。あ、でもそろそろお暇しないといけませんね。昨晩は招いてくださってありがとうございました。本当に助かりました」

かなり強引にリューンの邸に押しかけてしまったし、縁あるかもしれない人にこれ以上迷惑をかけるわけにはいかない。

そう思って立ち上がりかけたが、とっさにリューンがシルフィアの手首をつかんだ。

「あ、これは失礼……」

あわてて手を放しながら、彼が先に立ち上がる。

「風竜が気になるんだろう？　君のことだ、王城にだって忍び込みかねない」

ぎくっと表情が強張った。

「ま、まさか」

ごまかし笑いをするも、リューンの目は何でもお見通しと言わんばかりである。

「いいよ、しばらくこの邸にいなさい。風竜のことはきちんと遇するよう陛下に進言して、アヴェン殿下に働きかけてもらう。それを見届けたら君も安心できるだろう？」

——それから約束どおり、風竜の待遇や扱いを丁重にするよう、リューンが国王に進言してくれた。

とはいえ、竜を捕まえた当の本人がどう動くかまでは彼にも予測できないし、もし進言したのがリューンだと知られたら、アヴェンが依怙地《いこじ》になる可能性がある。

そうでなくとも、竜をうまく手懐けることができない王子は、日々焦りを募らせているようで、他人の言うことに耳を貸す状態ではないらしい。

毎日のように竜舎に出かけては剣を取って立ち向かい、風竜のほうもすっかりアヴェンを敵視して、決して己の近くに寄せようとはしない。

おまけに、竜は与えられる餌にもまったく食いつかず、このままでは衰弱死してしまうかもしれないと、そんな噂も流れてきた。

「精霊竜はそれほど物を食べない生き物なので、ただちに餓死ということはないと思いますが、自由の利かない檻の中ですし、やっぱり体調は気になります」

毎日、リューンに手引きをしてもらい、王子のいない時間に壁の外からそっと竜舎の様子を窺うのが日課となってきた。竜舎には鉄格子が取りつけられ、檻と化している。

「いっそ身分を明かして、君から陛下や殿下に申し上げてはどうだろう。私などが言うよりもよほど効果があると思うが……」

「それはできないんです、ごめんなさい。ティルディアスの村のこと、広めたくないんです。オジジさま方も高齢ですし、今、あの村にたくさん人がやってくるようになってしまうと……。それに、私がティルディアスの子孫であることを証拠づけるものはありませんし、リューンさまが信じてくださったこと自体、驚いたくらいで……」

実際、村に街の人間がやってきて、古竜グレヴァの存在が広く知られたら、彼の安息の場がなくなってしまう。

それに、竜を偉大なものと讃える人間ばかりではない。よからぬ企みで近づく人間だって中にはいるだろう。

「そうか……確かに、騙りだと騒ぐ者も現れるかもしれないな。私は、君が竜を心配そうに見守る姿を見ているから自然と信じたが、竜に縁のない人物ではそうはいかないだろう。しかし、私に村のことを教えてもよかったのか？」

「リューンさまがティルディアスによくないことをするはずがありませんから」

「……信頼して、もらえているのかな？」

「もちろんです！」

ふたりの会話をよそに、数少ない同胞の姿を見るツァイルは言葉少なだ。

見ているばかりで、不遇な風竜をどうしてやることもできないのがもどかしいのだろう。

シルフィアも悲しくなって、ツァイルの腕を取り、その肩に頭をもたせかけた。

その様子をリューンの深緑色の目が追い、ふと視線を逸らす。

「竜騎士になるには、捕らえてその背に乗ること。それ以外は伝えられていない。きっと方法は、自分でみつけなければならないのだろうな」

「相手は生き物ですから、誰もが同じ方法を取ることはできません。せめて、竜にも人間と変わらない感情があるのだと、アヴェンさまが理解してくださるといいのですが……」

檻の中でおとなしくしている風竜を遠目に見て、邸に引き返そうとしたときのことだ。振り返ったリューンが何かに気づいてとっさに頭を下げた。

くすみのない美しい金髪の青年がそこにいて、険しい目でリューンを見下ろしている。

「こんなところで何をしているのだ。娼婦の子が、竜を盗みにきたのか」

「アヴェン殿下。いえ、そのようなことは。父のファーンが竜騎士でしたので、それを偲《しの》ぶために竜を拝見させていただいておりました」

「ふん。レスヴィアーザの王族でありながら、下賤に身を落とした竜騎士か。そのような真似をしたからこそ、竜に乗る資格なしとして、王国最後の竜は失われたのではないのか。その責任は重いぞ」

頭を下げるリューンの拳が、硬く握りしめられるのをシルフィアは見た。

ここ数日で、彼がどれほど亡き父を尊敬しているかを知った。その父親を侮辱され、珍しくリューンが怒りの片鱗《へんりん》を見せたのだ。

でも、相手は竜を捕らえた人物であり、この国の王子だ。リューンには何も言うことができないのだろう。

シルフィアは、怒りという感情を覚えたことがほとんどない。でも、このときはアヴェンに対して憤りのような気持ちを抱いてしまい、その慣れない感情の赴くままに王子をその視界に捉えた。

「いいえ、違います。竜は一度信頼した相手を裏切ったりしません。リューンさまを見ていれば、お父さまがどれだけ偉大な竜騎士だったかわかります。殿下にはわからないんですか？」

たまらず、シルフィアが背後にリューンを隠して反論すると、王子はじろりと鋭い目でシルフィアを見下ろした。

従兄弟というだけあって王子の面差しは整い、リューンとどこか似ている。だが決定的に違うのは髪色ではなく、表情や態度から伝わる雰囲気だ。リューンにはない、刺々しさが顔立ちに表れている。

「なんだ貴様は」

「リューンさまに意地悪なこと言わないでください！」

アヴェン王子が眼光鋭くシルフィアを見据えるが、負けじとにらみかえす。もっとも、彼女のぽやんとおっとりした顔立ちでにらんでも、幼児だって怯えはしないだろうが。

「シルフィア」

名前を呼ばれると同時に背後から手を掴まれて、今度はシルフィアがリューンの背中に匿われていた。

「侍女が大変失礼いたしました。すぐに立ち去りますので、ご容赦を」

リューンが庇ったことが、余計に王子の気に障ったようだった。

アヴェンは頭を下げて足早に辞去するリューンをやり過ごすと、その後ろにくっついていたシルフィアの行く手を阻んだ。

「侍女ごときが王族に言葉を返すか」

頭ごなしに言われ、シルフィアが驚いて顔を上げた瞬間、王子が彼女の頬に平手を叩きつけようとした。

「殿下！」

リューンが止めるより一瞬早く、ツァイルの手が王子の手をつかみ、力任せに腕を捻り上げていた。

「きっ、きさま……っ！」

アヴェンは喚いたが、人間の姿をしたツァイルは、王子よりもはるかに身長と膂力《りょりょく》とを有していた。そして人間を嫌う彼に、手加減をする理由も事情もない。

ツァイルは黒い瞳で爛々と王子を見下ろし、容赦なくその腕をつかみ上げると、地面に彼を突き飛ばしていた。

「女に手を上げるのがレスヴィアーザの王族か。そりゃ、竜もいなくなるだろうぜ」

「……!?」

地面の雑草を鼻先にみつめる羽目になったアヴェンは、自分の身に何が起きたのかがわからなかったのか、しばらく地面に伏せたまま固まっていた。

王太子である彼にこのような狼藉《ろうぜき》を働いた者は、過去にひとりとして存在しないだろう。

「ツァイル、だめよ！　ごめんなさい、大丈夫ですか!?」

シルフィアは王子の前に屈み込み、彼の目の前に白い手を差し出した。

王子はしばらくその指先をみつめていたが、のろのろと視線を上げる。そして、そこにシルフィアの顔をみつけると、顔をさっと怒りに染めた。

反射的に少女の手を力任せに振り払い、アヴェンは跳ね起きる。

「これが王者に対するヴァリレエ家の礼儀か。よく覚えておく」

尻餅をついて王子を見送るシルフィアを、リューンが支え起こしてくれた。

「大丈夫だったか」

「ああ、ごめんなさいリューンさま。王子殿下を怒らせてしまいました……」

そうでなくともこの従兄弟たちの間には溝があるのに、ますます深い溝を掘ってしまった。シルフィアはあわてて頭を下げた。

だが、リューンは彼女の手を取って逆に頭を下げ返してくる。

「すまなかった。私が君を侍女扱いしたばかりに、殿下にあのような真似をさせてしまった。もしかしたら君は、王族の姫として遇される立場かもしれないのに」

「そんな、リューンさまは何も悪くないです。私が余計なことを言ったせいですもの」

「それは違う、シル」

ツァイルはシルフィアのスカートの裾についた落ち葉を払うと、軽蔑の目をリューンに向けた。

「この男は大事なものを傷つけられておきながら、怒ることもできない腰抜けだ。とてもじゃないが、おまえが種を乞う相手には相応《ふさわ》しくない」

「ツァイル！」

驚き目を丸くするリューンを見下ろし、ツァイルはさらにたたみかける。

「貴様に誇りはないのか。竜乗りだった父親を侮辱されても黙ったままか。それほどに、人間自身が作り出した序列が大事か。くだらねえ」

「私はこの王国に深く組み込まれた一因子であり、奔放《ほんぽう》に振る舞うことが許された身分ではない。感情の赴くままに行動して、国ひとつをつつがなく運営していけるとでも思っているのか？」

「あ、あああの」

ふたりの青年の間でおろおろするシルフィアを、赤毛の青年が物言いたげな目で見た。

しかし何も言わずに踵を返すと、すたすたと歩き去ってしまう。

追いかけようとしたものの、結局シルフィアの足は止まってしまい、苦虫を嚙み潰したようなリューンを振り返って眉を曇らせた。

「ツァイルが失礼なことを言ってごめんなさい。身分とか立場とか、そういうものとは無縁の場所に生きてきたので……きっとリューンさまが言われるままでいることが歯痒かったんだと思います。私も、同じだったから……」

「……わかっているよ、気にすることはない。私も気持ちのままに動くことができたなら、どれだけいいだろうとは思うからね。それより、さっきは私の代わりに父を庇ってくれてありがとう。初代竜騎士の子孫にそう言ってもらえて、父も喜んでいるだろうな」

言いながら、彼はシルフィアの手を取って額に押し戴いた。

「あっ、あの……っ、私はそんな大袈裟なつもりでは——」

「本当にうれしかった」

手を離すと、リューンはツァイルが立ち去った方に目を向ける。

「でも彼は、自由ゆえというより、自分も思うままにならないことに苛ついているのではないかな」

「ツァイルが、ですか？」

「とかく、この世はままならないものさ。君のその無邪気さは、ときとして残酷だな」

「――――?」

彼の言わんとしていることがよくわからず、シルフィアは目を丸くした。

そのときだった。城門のほうから馬蹄の轟《とどろ》きが近づいてくるなり、馬上の人物が大声でリューンを呼んだ。

「ヴァリレエ閣下!」

「ここだ」

リューンが手を振ると、一直線にやってきた騎士が馬から飛び下り、彼の前で跪《ひざまず》いた。

「ビアレン衛視隊より伝令でございます。リブロ湖に……」

騎士は言いかけてから、リューンの後ろに少女がいることに気がついて口を噤《つぐ》むと、耳に顔を寄せて何事かをささやいた。

リューンの深緑色の瞳が動く。

「わかった。すぐに向かうから、先に戻って現場の統制を」

「かしこまりました」

騎士はすぐさま取って返し、リューンも馬車へと急ぐ。

「何かあったんですか?」

「急ぎの仕事が入ったようだ。いったん邸に寄るから、君は戻っていなさい」

第三章　竜騎士の資格

邸に戻ってシルフィアを置いたあと、リューンは仕事のためにビアレンへと出かけた。

遣いの衛視の報告によると、街の北側に広がるリブロ湖に、男の遺体が上がったというのだ。

湖の街側には漁に出る船がたくさん行き来しており、城側には軍船が多く浮かび、貴族たちの憩いの場としての景勝地も広がっている。

リューンが呼ばれたとなると、必然的に街側で起きた事件だ。

ビアレンは数万もの人々が暮らす街ゆえに事件もそれなりに多く、人死にが出ることも月に数件はあったが、湖に遺体が上がるという例は少なく、事件を聞きつけた野次馬たちがすでに湖畔に群がっている。

現場に駆けつけると、衛視たちが遺体を引き上げており、検分がはじまっていた。

「どうだ、事件性はありそうか?」

リューンが現場に踏み込むと、衛視たちは肩をすくめた。

「見たところ外傷はなさそうですが、十中八九、事件でしょう」

陸に上げられた遺体の顔にかぶせていた布を、衛視が外した。薄汚い服装の中年男で、カッと目を剝いた顔は、突然の出来事に驚いたままだ。

「──メルフラフ通りで見たことのある顔だ」

「メルフラフの故売屋によく接触している男です。表向きは善良な商人を装っていますが、普段から危ない橋を渡っていますからね……」

故売屋とは、盗品と知りながら、その品物を買い取ったり売り捌いたりする闇商人のことだ。メルフラフ通りには、そういった裏の商売をする人間も多い。

リューンは男の身元や行動を調べるよう命じ、たくさんの野次馬たちをどうにか散会させて、夕方までは衛視の詰所で衛視たちへの指示や書類作業に追われた。

彼は市中警備団の統括役で、このビアレン衛視隊だけでなく、城塞詰めの騎士たちをも監督する立場だ。衛視隊には衛視隊の隊長がいるので、リューンが実際の捜査に加わることはないが、その代わり、市街や城塞で事が起きれば彼の名の許に解決せねばならず、国王への詳細な報告も欠かすことができない。

「報告書は自邸で片づける。進展があり次第、いつでも構わないから報告を。後は頼んだ」

「かしこまりました」

メルフラフ通りは、ビアレン衛視隊でも奥の奥まで知り尽くすことができない複雑な街だ。胡散臭い商売や明らかに違法なものも内包されている、ある意味で独立した場所でもある。

湖で死んでいた男がよくうろついていたという、メルフラフ通りへと続く市中の道を馬で進みながらリューンは視線を巡らせた。

（そういえば、この辺りだったな）

忘れもしない、十二歳の少年の日のことだった。

このビアレンの中央通りからメルフラフ通りへと向かう、賑やかしくも、どこか退廃的な空気を併せ持つ通りに、竜が出現したのは。

今と同じく太陽が沈みかけ、空全体が炎を映した湖面のような橙色に染まっていた。

いつもと変わらない日常の喧騒の中に、突如として赤い鱗の竜が現れたのだ。

人々は久しぶりの竜の出現に歓声をあげたが、竜は上空を滑空し、街の至る場所に炎を吐いた。

街が燃え盛るまでに時間はほとんど必要なかった。あっというまに街は業火に呑まれ、人々は歓声を悲鳴に変えて逃げまどい、辺りの建物はすべて焼け落ちた。

その頃、もう王国に竜騎士は存在しなかった。

ゆえに竜を制止できるものは誰もおらず、衛視も含めた街の人々が、竜に矢を放ち、槍を投げつけた。

竜はとうとう、人間の敵として扱われたのだ。

父は竜への攻撃をやめるよう必死に説得したが、聞き入れられることはなかった。

竜を身近に感じていたビアレンの人々にとって、あの事件は衝撃だったことだろう。

以降、竜を悪魔の遣いとして罵る言葉も聞いたし、竜を捕らえようとする面々は完全に武装し、敵対するかのごとく挑むようになった気がする。

だが、少年だったリューンの目には、街を燃やし尽くしたあの竜が、まるで泣いているかに見えたのだ。

助けたくて近づいたが、あまりの炎の熱さに足踏みし、傷ついた竜が上空へ飛び立つのを見守ることしかできず悔しかったのを、昨日のことのように覚えている。

(——精霊竜は常に六頭いて、火、水、風、大地を司る四大精霊、あとは光と闇です)

先日、シルフィアが精霊竜のことを教えてくれたのを思い出す。

(では、あのときの竜は、火の精霊竜ということか)

火の竜はビアレン上空からいなくなったが、あれからどうしているだろう。たくさんの弓矢や投げ槍をその身に受け、相当傷ついていたはずだ。

無事に生き延びたことを祈るしかなかった。

（そして、父の風竜も……）

火竜の事件よりもずっと遡り、まだリューンがこの世に生を享《う》ける前。レスヴィアーザ最後の竜が死んだのも、この辺りだったと聞いたことがある。

ただ、父は自分の半身とも言える竜を喪ったことについて、多くは語っていない。

（このふたつは偶然、なんだろうか）

だが、それを調べる時間はないし、父が口を噤んでいたため、竜の死について残されている資料はほとんどない。最後の竜を喪った事件は、王国にとっても大事件のはずなのに。

考えたところで答えが出てくるものではないが、すこし気にかかる。

ぼんやりと物思いに沈みながら、橋を渡って自邸へ戻った。

「お帰りなさい、リューンさま」

居間に顔を出すと、すっかりいることがふつうになってしまったシルフィアが出迎えてくれた。ツァイルは脚を組んでソファに腰かけていたが、ムスッと不機嫌な表情は朝から変わっていない。

彼女はリューンの前にやってくると、言い出しにくそうに目線だけをちらっとリューンに向けた。

「どうしたの」

「はい……今、ツァイルと話していたのですが、これ以上ここにお邪魔していると、リューンさまにご迷惑がかかってしまいますので、明日の朝、お暇《いとま》しようと思います」

「えっ」

とっさに返事ができなくて、リューンはシルフィアの困った笑顔をみつめた。

（いや、何を驚いているんだ。彼らがいつ帰ろうと関係ないはずだ。警備の騎士ともめるのが面倒で連れてきただけだ）

そう、竜の様子を見せるために滞在を許可しただけなのだから。

「――もう、竜の様子はいいの？」

引き留めるような言葉が出るのを遠くに聞きながら、なぜか焦り出す自分の心をリューンはじっくり観察した。

「様子を見ていても何もできませんし、結局、捕らえた人間と捕らわれた竜の間で解決することです。それに、また今日のようなことになっては、リューンさまのお立場が悪くなるかもしれません」

「私の立場など気にすることはないが……最初の目的はあきらめた？」

「それなんですが、わけていただくのは思ったより難しそうなので、いったん村に戻ってオジジさまと相談しようと思います」

「――そうだね。少なくとも、ビアレンではやめてほしい。でも」

シルフィアをツァイルの隣に座らせ、自分もその正面に腰を下ろした。

「村のことを知らない私がとやかく言うのもなんだが、少なくとも、ツァイルくんは君をとても大事にしていると思う。心ない他人に、その……せがむというのは、レスヴィアーザでは道徳的ではないし、考えてみては、どうだろう、と……」

「ツァイル、ですか？」

シルフィアは困ったようにツァイルを振り返った。

あれだけふたりの距離の近さを目の当たりにさせられて、リューンとしてはそう勧める以外にない。もちろん、当人同士の心のありようは他人にわかることではないが、ツァイルの不機嫌の理由が、シルフィアの奔放な、悪く言えば無神経な言動に起因しているのでは——と思えるわけだ。

何をどう見たって、ツァイルが彼女を何より大事にしているのはわかるし、シルフィア自身は無意識なのか、彼に全幅の信頼を寄せているように思える。

「でも……ツァイルでは駄目なんです」

「それは、村の決まりなの？」

「決まりというか、無理というか……求める条件とは大きく外れるので」

ティルディアスの村とは、やはりずいぶん封建的な場所らしい。条件がすべてで、彼女の心はそこに必要ないのだろうか。

案の定、ツァイルは不機嫌を通り越して不愉快そうに表情を歪めると、立ち上がるなり大股で居間を出て行ってしまった。

シルフィアは困惑して閉じられた扉を見たが、意を決して立ち上がり、リューンの傍までやってくると、床に膝をついた。

「あの、もう一度だけお願いさせてください。リューンさまから種をわけていただくことはできませんか？　だ、大事にしますので！」

自分の目が満月のようにまん丸になるのがわかった。

夕暮れの終わりを告げる紫色が、窓の向こうに広がっている。その夕映え色が彼女の白金色の髪に反射して、シルフィアを人間離れした妖精かなにかのように見せた。

まったく理解ができない。彼女は今、なんと言った？

「――私は、君にとって種馬と同じ？」

「たね、うま……？　あの、種をいただいたらすぐに村に帰ります。これ以上、ご迷惑はおかけしません」

自分が苛ついているのがわかった。その原因は果たして怒りか失望か――落胆か。

「……そんなに子種が欲しい？」

抑えようと思っても、声が低くなるのを制御できない。

「はい！　村のためにはどうしても必要なんです！」

リューンが「無理だ」と言わなかったので、明るい展望を彼女は期待したのだろう。

だが、そんな能天気な様子が、さらにリューンを苛立たせる。

「それがどういうことなのか、わかってる？」

「はい、もちろんです！　お腹の中で十月十日です」

無邪気な笑顔で明るく言うシルフィアは、リューンを試そうとする悪魔か何かなのだろうか。彼女の顔立ちや仕草が可憐であればあるほど、手ひどい悪魔の裏切りに思えた。

ここで彼が断ったら、また別の誰かに同じことを頼むのだろう。

「……わかった。でも、途中でやめてくれと言っても、やめないよ」

彼の空気が変わったことに気づいたのか、シルフィアがまばたきを繰り返した。だが、無邪気に期待に満ちた目で笑っている。

リューンは驚くほど細い少女の手首をつかんで、華奢な身体を荒っぽくソファの上に横倒しにすると、その上に跨《またが》ってじっと少女を見下ろす。

彼女はきょとんとした菫色の瞳でリューンをみつめていた。

シルフィアのふっくらした胸元は紐で合わせられているので、それを引いて解いていく。

「リューンさま……？」

返事はしなかった。無言のまま紐を解いて胸元を広げ、淡い胸を隠している下着に手をかけると、脅かすように無遠慮に引き下ろす。

「あ……っ」

沈みゆく太陽の残照が、ふたつの甘いふくらみを色鮮やかに染めた。

それがまるでリューンを誘っているように見えてしまい、無意識に喉が動く。

(やはり、この娘は悪魔の遣いなのかもしれない)

彼の心をここまで乱しておきながら、種馬になれとシルフィアは言う。

——あくまで子種だけをリューンにせがむのだ。

彼女が街中で見知らぬ男に子種をせがんで歩くなんて、想像ですら耐えられない。それに、世の中には進んで種馬役を買って出る男もいるだろう。リューンにとっては耐えがたい屈辱でしかないが……。

(このまま嫌われることになろうと、か弱い女性にとって男がいかに力強くて恐ろしい存在になりうるか、知らしめておかなければ……)

乱暴だと自分でも思う。だが、シルフィアには言葉で言っても通用しないだろう。

能天気なのか、厳しい掟にがんじがらめになっているのかわからないが、この奔放な笑顔で他の男を誘惑するなんて、考えただけでこっちが叫びたくなる。

はだけた乳房を、あえて荒々しく手につかんだ。すると、思いがけない柔らかさに息を呑み、下腹部に熱が籠るのを感じた。

「あ、あの、リューンさま……」

シルフィアのほっそりした手が彼を止めようとするが、猫の手が置かれたほどにも感じない。

僅かに動かすだけで容易に形を変える甘いふくらみを揉みしだき、硬くなりはじめた頂を指で押し潰した。

「ぁっ、どう、して……胸……」

「こうしなければ種はやれない。心が……気持ちが伴わなければ無理だ。私の話を聞いていなかったのかい？　ただ接合して子種を吐くだけなら、それは人ではない」

苛立ちに身を任せながら、甘そうに色づく粒に唇を寄せた。初心な色をしたそれはリューンの舌にくるまれて硬さを増す。

「ひゃっ……」

シルフィアがぎゅっと目を閉じて、暁の菫色を瞼の下に隠してしまった。

それには構わず舌で粒を転がして、ふくらみを食む。その奥にある彼女の心臓がドクドクと鼓動しているのが聴こえてきた。

自分の鼓動も、彼女のそれに重なる。

「ぁ……こんなの、わかりません……っ」

「だから教えている。君は男にもらう種が、花の種か何かだとでも思ってるの？」

熱くなった吐息をつくと、リューンの下で困惑する少女を見下ろした。

シルフィアの頬はほんのり赤みをさしていて、薄く開いた唇からかすかに甘えた吐息が漏れている。その艶やかな唇の動きをみつめていると、胸の奥がざわついてしまう。

反射的に彼女のやわらかいふくらみを舐め、やさしく歯を立て、手のひらに握って形を変えながら何度もくちづけた。

荒々しくするつもりだったのに、想像以上の頼りない手触りに驚き、うっかり傷つけてしまうことが怖くて、とても乱暴なことをする気にはなれなかった。

その代わり、すぐにやめるはずが、手が止まらなくなっていた。やわらかな肌を穢しているという罪悪感が、ちりちりと背中を焼いている。

「や、ぁああ……」

とうとう無邪気な少女のものとは明らかに異なる、色を帯びた女の声があがる。すると、その声に煽られて頭の中が痺れ、無意識のうちに、はだけた服をさらに脱がせていた。

(なんて……)

目の前に露わになった柔肌に目が奪われてしまい、知らずに呼吸が荒くなっていく。

彼女の肌はくすみひとつなく透き通り、たっぷり積もった雪のようにきれいだった。

まっさらな新雪に自分の痕をつけてみたくなって、無遠慮に撫でてみる。それがくすぐったかったのかシルフィアが身をよじったので、誘われるままその喉に唇で噛みつき、舌を這わせた。

「んっ――――!」

シルフィアが顔を横に向けると、室内のランプにきらきら輝く髪の合間から小さな耳が覗く。それに引き寄せられて、耳たぶを甘噛みすると、ふんわりとやさしい香りが漂った。

「はっ、あぁん……っ」

情欲を誘う嬌声に意識を呑まれそうになったが、リューンはあわてて正気を呼び戻した。

これ以上、踏み込んではならない。いくら種馬扱いされたことが情けなくても、彼女を戒めるためといっても、これ以上は……男として許されない。

「――こんなことをされても、まだ子種が欲しい？」

そろそろ引き上げよう。自らを律するように声を低くして、彼女の耳もとに直接囁いた。

いい加減シルフィアも降参するだろう。

しかし……。

「ほ、本当に、種をいただけるのなら……。村の未来が、かかって」

耳を疑う台詞に、リューンは胸中が黒く渦巻くのを感じた。

もしかして彼女は、こういう男女の行為が初めてではないのだろうか。だから、彼が脅したつもりになっていても、まったく脅しになっていなかった……？　戸惑ったような表情も仕草も、全部がリューンから種をもらうための芝居だったとしたら。

ふっと笑いが漏れてしまった。

頭を振って小さく嘆息すると、自分の白いシャツのボタンを外し、それを脱ぎ捨てた。

「村のために、心もない相手に身を委ねるというのか。種さえ手に入れば、相手が誰でもいいと？」

「あ、あの……オジジさまと約束が……」

困惑してみせるシルフィアのスカートを捲り上げ、ドロワーズの上から女性の秘部を指でなぞった。

指を押し込み、布の上からそこを弄ると、シルフィアは身体を小さく縮めて口元に手を当てた。それを見ながら、また胸を口に含んで舐める。

「や、ぃやあぁっ」

「いや？　男に子種をもらうということは、こういう淫らな真似をするということだろう？　さあ、どうする？　そんなにいやなら、今すぐここから逃げ出すといい」

シルフィアが行為を拒絶するのを、祈るような気持ちで待った。でなければ、このまま歯止めが利かなくなって、本当に間違いを犯してしまいそうだ。

でも、彼女は頭を左右に振った。長い白金色《プラチナブロンド》の髪がランプの炎を反射してきらめく。菫色の瞳が濡れて、滲んでいる。

「種をもらうまでは、私……きゃっ」

もう、かなり理性が崩壊しかかっている。これが最後の機会だったのに、性懲りもなくシルフィアは子種を欲しがった。

「ああ……」

嘆息すると、リューンは彼女のドロワーズを一気に引き下ろし、その女性の部分に生まれて初めて触れた。

(熱い……)

そこはひどく熱い蜜に満たされていて、中に隠されている蕾はやわらかく尖り、リューンの指を呑み込むようにぬめっていた。

目を閉じ、そのまま割れ目に沿って、ゆっくり指を這わせる。

シルフィアの甘い悲鳴が耳の奥を乱打した。下腹部が熱く滾《たぎ》ってしまい、痛いくらいに硬くなっている。

「あぁ——っ、や、リューンさま……っ、どうして——」

「種が欲しいんじゃなかったの?」

秘裂の中を小さく揺らすと、彼女の華奢な身体ががくがくと大きく震えた。リューンが指を動かすたびに、濡れた水音が大きく鳴る。

「ど、どうしてこんな、濡れて——あっ、ぁああんっ」

「男の種を受け入れるためだろう? ここに」

シルフィアの身体の中に、指を侵入させた。狭い空洞の中はぬるぬるしていて、でも彼の指を呑み込もうと貪欲に蠢《うごめ》いている。

と揺れた。

「ふぁ……あっ」

内壁を指の腹でぐりぐり撫でると少女の華奢な身体がしなり、やわらかな双丘がたゆんと揺れた。

頬を赤らめて快感に顔を歪めるシルフィアを、誰にも渡したくない。可憐なシルフィアの身体を見知らぬ男に触れさせたくない。はっきりそう思った。

（このまま、私のものに……）

リューンは身体を起こし、腰のベルトを外して下衣を寛げると、中から劣情に猛り狂った部分をさらけ出す。

たちまち、シルフィアの目がまん丸に見開かれる。

「それ、なんです……!?」

シルフィアの菫色の瞳が男の生殖器を凝視した。

正気を保っていたら、とてもその視線に耐えられなかっただろうが、怒りと屈辱に煽られ、歪んだ独占欲に支配されている今、シルフィアの怯えた目はリューンの乏しい嗜虐心《しぎゃくしん》に火をつけた。

「これを、君のここに挿れて」

シルフィアの膝を大きく開き、リューンはさらに指を深く突き入れた。

「は、ぅっ……」

彼女の腰が弓なりに反って、脚はあられもなく開く。

本当に淡い繁みの下は、リューンの指が蹂躙したせいで濡れ光っていて、雄を誘う甘い蜜をたっぷりこぼしている。

自身の肉塊を震える手でつかみ、指を抜いた同じ場所に先端を宛てがった。

「これで君の中を貫いて、身体の奥深くに種を吐く。男のこれを、身体の中に受け入れたいんだろう？　心のある、愛し合った者同士ならこの行為は神聖だ。でも私たちには……少なくとも君に心はないだろう。こんなことをされてもまだ、種が欲しい？」

みるみるうちに、シルフィアの目に涙が盛り上がる。

「あ、た、種って……手渡しじゃないんですか……」

「……手渡し」

動きを止め、思わず怪訝な顔でシルフィアを見てしまうリューンだった。

手渡しとはどういうことなのか。言葉の意味がわからなくなって、リューンは必死に考えた。おかげで、今の今までシルフィアの中に潜り込もうと滾っていた熱が、急速に冷えていく。

「――ひとつ聞くけど、君は子種をどんなものだと思ってたの」

「わ、私、種って……たんぽぽの綿毛みたいなのか、ひまわりの種みたいなのか、それとも球根みたいなものか、どれかなって――」

「どうやって子供をつくるのか、教えてもらわなかった？」

「種をもらって、お腹の中で育てる……んですよね……？」

「それはそうだが……種をどうするつもりだったの」

「呑み込ん……」

違うんですか？　と目で訴えるシルフィアの言葉尻は次第にすぼみ、とうとう消えてなくなってしまった。

「やだ、恥ずかしい……！」

手で顔を覆うシルフィアに愕然としたのは、リューンのほうである。

「花みたいな種を手渡しでもらって？　呑み込んでお腹の中で育てるつもりだった？」

「……もう、言わないでください！」

シルフィアが大事に花の種を呑み込む姿を想像する。やたらと現実味を帯びた、ほのぼのした場面だ。

「ふ、は……はは……ははは！」

普段から声をあげて笑うことなどめったにないリューンだが、このときばかりはあまりのおかしさに、笑いを堪えることができなかった。

「わ、笑わないでください――！」

「いや、だって……ないだろ……！」

笑いつつも、自分の手がぶるぶると震えているのを見下ろし、リューンはソファにもたれてがくりと項垂《うなだ》れた。

勘違いで怒り、危うくシルフィアの純潔を穢してしまうところだったのだ。いや、手で乙女の秘密の花園を荒らしてしまったのだ。どうあろうと無罪ではすまされない。

考えてみれば、彼女の言葉の端々に違和感はあったはずなのに、シルフィアが手近なリューンで手を打とうとしているのだと思い、腹が立って仕方がなくて……。

誰でもいいだなんて、シルフィアに思われるのは心外である。

「悪かった……」

脱がした彼女の服を身体にかけてやり、リューンは昂った自分自身から熱を追い出して服を直した。

「ううっ、最初から教えてくださっていれば……ああっもう穴があったら入りたい……！」

「ごめん、やりすぎた。脅かせば、もう誰彼構わず男に迫ったりしないだろうと……」

上体は起こしたものの、シルフィアは服で身体を隠したままソファの背もたれに額をくっつけて丸くなってしまった。

「私、ビアレンのあのお店で、大勢の男性に……こんな、ことを……してほしいって、言ってしまったんですね」

脅しの効果は充分以上にあったようだが、シルフィアがあまりにも悲嘆に暮れるので、まるでリューンが彼女を騙したような気がしてきた。

「リューンさまに身体をさわられるのも、本当はすごく恥ずかしかった……」

「も、申し訳ない……！　まさか本当に種だと信じてるなんて、思いもよらず……」

あわてて言い訳すると、彼女は涙目で彼を見上げ、ぐすっと目許を拭った。

「ずっとおっしゃっていた『心がある』って、相手が好きかどうかって……そういうことだったんですね。リューンさまがいやがっていたわけが、やっとわかりました。通りすがりの私なんかに、こんなことしたくなかったですよね――本当に、ごめんなさい」

うるうると瞳を滲ませるシルフィアを見ていると、ひどく胸が疼いた。

「いや、私は……」

そのときノックがあって、廊下から侍女のひどくあわてた声がリューンを呼んだ。

「旦那さま、衛視隊のライカス副隊長が玄関にお見えです！」

「あ、ああ、すぐに行く」

「お急ぎいただきたいとのことです。なんでも、ビアレンに竜が現れたとかで、今、街が燃えて……」

シルフィアが服を持ったまま立ち上がり、大きな窓に張りつく。

邸の窓から見えるビアレンの街が、赤く燃え盛っている。

「ツァイル……！」

リューンの耳は、そのつぶやきを聞き逃さなかった。

＊

人間の街に来てからというもの、胸の中のイライラが治まることはなかった。

竜族である自分がシルフィアと一緒になれるはずがない、そんなことはわかりきっている。別に彼女を自分のものにしたいだとか、そんな感情は持ち合わせていない。

人間の雄がシルフィアに種を与えて、子を生み出す。それは自然なことだと理解しているが、彼女に子ができたら、これまでと同じように過ごすことができるのだろうか。

人間は番《つがい》で子を育てるものだと思っていた。今のシルフィアにそんな気はなさそうだが、あのリューンという人間を見ていると、自分から彼女を遠ざける要因になりそうな気がしてもどかしかった。

（俺が一緒にいてやるのに——人間など……！）

人間が心の底から憎らしい。しかし、シルフィアだけは別格だ。

闇から這い出た途端に人間どもに傷つけられ、追い立てられた。

心身ともに死にかけていた彼を助けてくれたのが、美しいプラチナの髪に陽光をまとわりつかせた、天使のような娘だった。

竜である彼から見ても、あの日に見た幼いシルフィアは神々しい存在だった。

警戒して攻撃すらしたツァイルを怖がるでもなく、あの小さな手で体に刺さった矢を抜き、傷んだ鱗を撫でてくれた。

薬草を摘みにいって傷だらけになった手で、彼の手当てをして、怪我が癒えるまで傍で眠ってくれた。

シルフィアがいたからこそ、他の人間を嫌いつつも、人間の街に復讐しようだなんて考えを捨てることができたのだ。

でなければ、傷が癒え次第、この人間の街を火の海にしていたことだろう。

ツァイルの望みは、ずっとずっとあの平和な村でシルフィアと静かに暮らすことだ。

いつか彼女が老い、天に還るまで、傍で見守る。

それこそが自分の使命だとさえ感じてきた。それなのに、「ツァイルでは駄目なんです」という彼女の言葉は、なかなか強烈だった。

むろん、子を生すための相手として、ツァイルでは無理だと言ったにすぎない。

いくら人間の姿の真似をしていようと彼の本質は竜のそれであり、シルフィアとの間に子をもうけようだなんて思いは、ツァイルにだって微塵《みじん》も湧いてこない。

わかってはいる。わかってはいるが、納得いかない。

突然、横入りされた不快感たるや、ティルディアスで彼女と過ごすようになって初めて知った感情だ。その感情に名をつければ「嫉妬」という言葉になるが、ツァイルの知識にはないものだった。

シルフィアはこれまでずっと、ツァイルと一緒に過ごしてきたのだから。

（あの男……）

リューン・アース・ヴァリレエ。

遠いところで、シルフィアと血のつながりがあるかもしれないと言っていた。なるほど、確かにふたりには同じ血族のにおいを感じる。

気のせいだろうと一蹴できそうなほど、遠いものだが。

それより、リューンからはシルフィアにはない不吉で暗い気配を強く感じた。

シルフィアが太陽をまといきらめく光だとすれば、あの男は底のない闇の深淵だ。

そのくせ、リューン自身からは実に真っ当すぎる、それこそジジイどもが言っていたような「若く健康で健全で、やさしく誠実で、嘘のない男」のにおいが芬々《ふんぷん》と漂ってくるのだ。おまけに地位まで兼ね備え、竜への関心は紛れもない本物。

シルフィアが好意を抱かない理由がないほど、隙がないではないか。

あんな得体の知れぬ人間に、シルフィアの心が向いてしまうなんて考えたくもない。

（――クソッ、人間は嫌いだ）

ツァイルは街へと向かう橋を渡った。

貴族の街は、入るときは困難を極めたが、出ていくのはかんたんだった。砦に詰める騎士たちが、ツァイルの特徴的な容姿を覚えているせいもある。

西の空が燃えるような橙色に染まっている。じきに夜になって、辺りは星の瞬く晴れ渡った空が広がりを見せるだろう。

これからあえて嫌いな人間の群れの中に飛び込み、彼らの醜さや残虐さ、狡猾で意地汚い姿を肌で感じてくる。そうすれば、ますます人間を憎むことができるはずだ。

人間が取るに足らない存在だと再認識すれば、いくらシルフィアがあの男に好意を寄せたとしても、強硬に反対することができるだろう。

ツァイルは、この街に来た最初の日に、おかしな女どもに取り囲まれ、シルフィアとはぐれた通りへと足を向けた。

もうすぐ夜のはずなのに、人間どもの姿が消えることはない。むしろ、これからが盛況なのか、通りの両脇にずらりと並んだ店からは酒や肉の焼ける匂いが漂い、行き交う人間たちの体臭や喧騒で、胸は悪くなるし耳は痛くなる。

不快感に顔をしかめると、酔漢がすれ違いざまツァイルに力任せにぶつかってきた。

男は難癖つけようと口を開いたものの、ツァイルの漆黒の瞳ににらまれて声を呑み込み、そそくさと逃げていく。

「ねえお兄さん、どこ行くの？　今夜の相手が決まってないなら来てよ」

今度は、白粉《おしろい》を塗りたくった、甘く辟易する香水臭を漂わせた女が馴れ馴れしくツァイルの腕を取り、冷たい指先でいやらしく手の甲に触れてくる。

だが、それを荒々しく振り払うと、足早に街の奥深くへ進んだ。

(臭いし、うるさいし汚らしい。俺のシルフィアと同じ生物とは思えない)

あの清らかな娘を、こんな悪臭漂う場所に置いておきたくない。

この街を闊歩《かっぽ》するリューンに近づけたくない。シルフィアの清廉さが穢れてしまう。ものの短時間でそう決意できるほどひどい場所だ。

そのとき、ふいに後ろから肩をつかまれた。

「赤毛の兄ちゃん、俺の女にずいぶんな扱いをしてくれたみたいじゃねえの」

振り返ると、厳つい顔をした三人組の男がツァイルを見てニヤニヤ笑い、いきなり殴りかかってきた。

それを危なげなくかわしたツァイルは、男たちの背後を見て舌打ちした。さっき振り払った女がこちらを見てクスクス笑っているのだ。

まだこの街にたどりついたばかりだ。それなのに、次から次へと悪心を向けてくる連中に出会ってしまう。

ここ数日リューンを見て、不覚にも、人間の男にも案外まともな奴がいるだなんて思ってしまったが、気のせいだったようだ。

「やっぱり、人間どもはクズだな！」

再び殴りかかってきた男の拳を手のひらで受け止め、ツァイルはそれを押し返した。

彼は人間の姿を真似ているだけの竜だ。すこし腕に力を込めてやったら、殴りかかってきた男は吹っ飛び、行き交う人々の群れに突っ込んだ。

喧嘩騒ぎに方々で悲鳴があがる。

「てめえ……っ！」

残るふたりの男が同時に飛びかかってくるが、ツァイルの目にはあくびが出るほどゆっくりに見えた。

長い脚を振り上げて一方の男の腹部に前蹴りを放ち、もう一方の男には固めた拳を正面から見舞ってやった。

「ふん、他愛もない」

数を恃《たの》めば、相手が怯むとでも思っているのだろうか。

「きゃあああ！」

連れの女がわざとらしい悲鳴をあげるのを聞いて、ツァイルの意識がそちらに向いた一瞬のことだった。

「取ったぞ！」

最初に突き飛ばされた男がいつの間にか背後に回り込み、ツァイルの腕から赤い宝石のついた腕輪を抜き取っていたのだ。

「――――」

女の目的は、最初からこの赤い宝石だったのだろう。

腕輪を抜かれた手が途端に鉤爪の脚に変形する。もちろん手だけではない、腕も肩も脚も胴体も、たちまち人間の姿を維持できなくなり、ツァイルは天を仰いだ。

「ああ……」

目を閉じた途端、グレヴァの魔力で抑え込まれていたものが弾け、身体中に竜の力がよみがえってきた。

人間のツァイルはもうそこにいなかった。

「竜だ……」

夕陽が落ちたビアレンの夜空に、赤く染まった竜の姿が浮かび上がり、街中の人々は言葉を失う。

――次の瞬間、ビアレンの街は爆発的な悲鳴と叫喚に包まれていた。

女の甲高い悲鳴と、男たちの怒声で辺りは大混乱に陥った。中には過去の竜の襲撃事件を覚えている者もいたらしく、矢をつがえる人間もいた。

（やらかした――）

数日ぶりに元の姿に戻って体は開放的だったが、呑気にそれを味わっている場合ではなかった。あとでこってりシルフィアに叱られるだろうが、見られてしまったものは仕方がない。ひとまずビアレンを後にして、人間どもの視界から消え失せる必要があった。

ツァイルは夜空を振り仰ぐ。

そのときだった。

ひゅんっと空気を切り裂く音がして、一本の矢がツァイルの許に届いた。

硬い竜の鱗は、そう易々と鏃《やじり》を通さない。人間の手で竜に傷をつけるのは容易ではない。

しかし、その矢はツァイルの顎に深く突き刺さったのだ。

たちまち焼けるような痛みを覚え、彼は咆哮をあげた。空気がビリビリ震え、人間たちはいっせいに耳をふさぐ。

痛みと焦り、怒りで頭の中が真っ白になり、ツァイルは大きく息を吸い込んだ。

そして次の瞬間、眼下の人間たちの世界に向け、勢いよく口から炎を吐き出していた。

*

夜のビアレンを、リューンは馬を急かして走っていた。

シルフィアは彼の背中につかまりながら、遠くの空が赤く燃えているのを見て唇を噛む。

「あの炎を吐いている竜が、ツァイルだというのか⁉」

「そうなんです！　お願いですリューンさま、急いで！」

リューンにしてみれば疑問だらけの状況だろうが、シルフィアの切羽詰まった様子を見て、あれこれ問い質すことはせずに、厩《うまや》まですっ飛んでいってくれた。

馬に乗って橋を渡り、ビアレンに入ると、逃げ出してきた人々が通りにあふれていた。彼は巧みに裏道を進んで人の波をよけ、竜のいる場所へと近づいていく。

「あそこは、過去にも竜が現れて、今と同じように燃えてしまった場所だ。竜が本当にツァイルだとして、なぜ彼は街を？」

「わかりません。でも、腕輪を外しちゃったんだと思います」

ツァイルが自分で腕輪を外したとは考えにくいが、彼は基本的にシルフィア以外の人間を嫌っている。そんな彼が大勢の人間の中に紛れ込んだとしたら……。

「腕輪？　彼がつけていた、あの赤い石の腕輪？」

「はい。あれにはグレヴァの……大地の精霊竜グレヴァの魔力が籠められているんです。その力で、竜であるツァイルを人の姿に変えていて……」

「では、ツァイルは――火竜？」

リューンが息を呑んだのがわかった。

「はい……ごめんなさい、竜がいないなんて嘘をついて……」

「謝ることはない。ティルディアスの子孫が竜を守り隠すのは当然だ。今のレスヴィアーザを見れば……。では、十一年前にビアレンを火の海にしたのは、彼か」

リューンのつぶやきは小さかったが、シルフィアの耳にははっきりと聞こえた。

「私がツァイルと出会ったのは十一年前でした。全身傷だらけで、とても怒って怯えていて……じゃあ、ツァイルはここからティルディアスに逃げてきた……？」

「シルフィア、人が少なくなってきたから飛ばすぞ。舌を噛んでしまうから、おしゃべりはここまでにしよう」

リューンの腰に腕を回し、広い背中に身体を預けながら、シルフィアは前方に迫って来る火竜の姿を見上げた。

普段の彼は、竜の姿でいてもむやみやたらに攻撃したりはしない。むしろ、村にいたときはいつもシルフィアを守ってくれる側だった。

でも、今は怒りに我を忘れているのか、目につくものを片端から炎で焼いていくように見えた。

「ツァイル！　やめて、これ以上街を燃やしたら……！」

リューンの背中越しに叫ぶが、ツァイルの耳には聞こえていないだろう。竜の黒い瞳は怒りに燃え立ち、無人になった街の上空で雄叫びを上げている。

「リューンさま、もう少し近づけますか⁉」

「やってみよう」

あれだけたくさんの人が行き交っていた通りはすっかり無人と化していて、道の脇にある建物や屋台も燃え盛っている。

「ヴァリレエ公っ！　危険です！」

住民を避難させていた衛視がリューンに気づいて制止する。

だが、彼が速度を緩めるより先に、焼け落ちてきた屋根の炎に驚いた馬が嘶《いなな》き、背中に乗っていた人間を振り落としてしまった。

「シルフィア、大丈夫か⁉」

石畳に投げ出された身体をリューンが抱き起こしてくれたが、彼女の目は上空のツァイルに釘付けだった。

「あれです……リューンさま、ツァイルの顎のところに矢が刺さってる！」

マントで炎を防ぎながら、リューンも火竜を見上げた。

「竜の顎のところ、一枚だけ鱗が逆さに生えていて……あの逆鱗《げきりん》は竜の弱点なんです。あそこを攻撃されると、竜は正気をなくしてしまうの」

だが、空に浮かんでいる火竜から矢を引き抜くのは無理だ。

シルフィアは火の手の上がる通りに飛び込むと、声の限りに叫んだ。

「ツァイル！　ツァイル聞いて！　下りてきて……私のところに戻ってきて！」

「シルフィア、無茶だ、焼け死んでしまう！」

彼女を追ってリューンが火の中に飛び込み、シルフィアの身体を引き寄せる。

上空の火竜はじろりとこちらに感情の籠らない目を向けると、激しく逆巻く炎を吐き出した。シルフィアの姿は見えているはずなのに、認識していないようだ。

「きゃ……」

「シルフィア！」

とっさにリューンがマントでふたりの身体を覆ったが、炎はシルフィアとリューンからはすこし離れた場所を狙って焼いた。すると、炎の向こうで見知らぬ男の悲鳴があがる。

「逃げ遅れたのか⁉」

そこにいた男は炎の直撃を辛うじて避けたようだが、もうすっかり服も髪もあちこち焼け焦げていて悲惨な有様だ。完全に腰を抜かして赤い夜空に浮かぶ竜を見上げていた。

「あの人……あの人が持ってるの、ツァイルの腕輪です！　返してもらわないと」

シルフィアはリューンのマントから抜け出ると、炎の壁の向こうにいる男に向かって走り出そうとした。

逃げ遅れた男の手に、ツァイルの腕輪がしっかり握りしめられていたのだ。

おそらくビアレンの街を徘徊しているスリの類だろう。彼らは巧みに持ち主に気づかれないよう持ち物を盗んでいく。

「シルフィア、待つんだ！」

ふたたびリューンに止められると、シルフィアの身体は彼の肩に担ぎ上げられ、火勢の小さい場所へと連れ戻された。

「リューンさまっ、放してください！」

「あの男は衛視隊に保護させる。腕輪より先に、ツァイルをなんとかしなければいけないだろう！」

鋭い声に叱咤され、シルフィアは焦る気持ちを辛うじて呑み込んだ。確かに腕輪を取り戻しても、現状は何も改善しない。

見上げれば、火の粉が舞う空には、赤い鱗の竜が不気味に浮かんでいた。これまでにシルフィアが見たこともない、破壊の力を宿した危険な生物の姿だ。

「ヴァリレエ公、竜を攻撃しましょう」

避難誘導していた衛視隊の隊長がリューンの許へやってくると、そう進言した。

「いや、攻撃したら事態に収拾がつかなくなる。それよりキルフィル隊長、あそこに逃げ遅れた男がいる。彼を保護し、持っている腕輪を取り返してきてくれ。腕輪は彼女のものだ」

「はっ。しかし、竜は……」

「私に考えがある。いいか、この区画からは完全に退避し、竜から遠い場所より消火にあたってくれ。くれぐれも竜に手出ししてはならない。竜は元々、友好的な種族だ。怒らせたのは、間違いなく人間だからな」

そのとき、ひときわ大きく火竜が咆えたかと思うと、大きな翼を広げた。そのまま夜空を旋回し、北の山岳地帯に向けて飛び立つ。

「ツァイル……」

遠ざかる竜の姿を目で追い、シルフィアはリューンの肩を無意識に強くつかんでいた。離れていくツァイルを追いかけることができない。十年以上も一緒に過ごした彼に置いていかれたような喪失感に、目頭が熱くなった。

一番の親友のつもりだったのに、ツァイルの役に立つことができないなんて。

シルフィアが顔を伏せると、担がれていた身体は地面に下ろされ、リューンの手に頭を撫でられていた。

「ヴァリレエ公、あれを」

衛視の言葉に促されて王城のほうへ目を向けると、完全武装の騎馬隊が城塞へと向かっていく様子が遠目に見えた。

夜の闇の中、いくつもの松明が掲げられて物々しく街を出ていく。

「王宮騎士団か。陛下のご命令が下ったのだろう。竜によって街が燃やされるのは、これで二度目だ……。気にせず、市中警備団には消火作業を優先させてくれ」

リューンの命令に、衛視隊が即座に動く。

だが、物々しく武装した騎士団の進軍を初めて目の当たりにして、シルフィアは脚の震えを止めることができなくなった。

もし騎士団が山に入り、ティルディアスの村がみつかってしまったら、ツァイルだけではなく、グレヴァも殺されてしまうかも――反撃した竜と人間が、完全に敵対してしまうかもしれない。

村が焼け落ちる様を思い浮かべ、顔を覆った。

「私のせい――どうしよう！　リューンさま、私のせいで……！」

「落ち着け、シルフィア。君のせいじゃない」

「いいえ、私のせいなんです！　私が街に来たから……何にも知らないくせに、村を守る気になって、リューンさまだけじゃなくて、かえってみんなに迷惑をかけて……」

泣いたってどうしようもないのに、力なく泣きじゃくることしかできなかった。

こんな取り返しのつかない、誰かの命や村の存亡の危機に直面するなんて、思ってもみなかったことだ。

ティルディアスのために街へやってきたはずが、何もできなかった。それどころか、竜と人間の間に決定的な亀裂を入れることになるなんて。

「ツァイルを、ティルディアスを助けて……リューンさま、お願い……！」

泣いてリューンに縋ることしかできない自分が、あまりにもどかしい。頼られたところで、リューンにだってどうしようもないのに。

でも、彼は力強くシルフィアの手を握ると、彼女の頬に伝う涙を拭ってくれた。

「心配いらない。必ずツァイルを助けよう。ティルディアスも、人と竜の関係も」

「リューンさま……」

見上げたリューンの顔は、穏やかに微笑んでいた。

＊

馬に乗って街から取って返すと、リューンは一目散に王城に向かった。

全速力で街を駆け抜けていくので、シルフィアも話しかける余裕がないのだろう。彼の腰にぎゅうっとしがみつき、祈るように額を彼の背中に押し当てている。

ツァイルの腕輪は無事に衛視隊が取り戻してくれたので、今はシルフィアの手に収まっているが、持ち主は北の山岳地帯へ飛び去ってしまった。赤く美しい宝石は、月光を反射してむなしく輝くばかりだ。

やがて、リューンは王城の敷地に入ると、竜舎へとまっすぐ馬を走らせた。

「リューンさま……もしかして、あの子を？」

「ああ。とんだ竜泥棒もあったものだが、これしか方法が思いつかない。私が風竜に乗る」

横取りになってしまうが、アヴェンが捕らえてきた竜はまだ彼に従順になっていない。

これがツァイルを助けるための一番早い方法だ。

風竜ならば、飛んでいったツァイルを追いかけることができる。竜騎士になら、火竜の喉に刺さった矢を取り除くことができるかもしれない。

竜舎の前で馬を下りると、リューンは腰の剣を確かめて中へ入っていく。

「ま、待ってくださいリューンさま。竜の背に乗るためには絶対必要なことがあるので、それを教えて……」

だが、リューンは首を横に振ってシルフィアの助言を遮った。

「大丈夫だシルフィア。その方法は私が自分でみつけよう。それでこその竜騎士だろう？」

「リューンさま……」

「竜を盗もうというのに、背に乗る方法まで人に教えてもらうのでは、あまりに情けないじゃないか」

アヴェンが風竜相手に苦戦する姿を見てきたはずだが、不思議と恐怖心はなかった。気負うこともなく、気持ちは凪《な》いだままだ。

そんな彼の表情を見て、シルフィアも微笑む。

「わかりました、リューンさまみたいにやさしいひとなら、竜ともうまく付き合えると思えます」

「ティルディアスの子孫にそう言ってもらえると、うれしいね」

「ここで待っています。だから、リューンさま……」

竜舎に向かおうとする彼の手を握ると、シルフィアは菫色の瞳を彼に向けたが、なぜかすぐ目を伏せてしまった。

「……気をつけてくださいね」

「ああ」

彼の手に遠慮がちにくちづけるシルフィアの、白金色の髪が月光をまとってつややかに揺れた。

「行ってくる。待っていて」

そのままリューンは踵を返すと、無人の竜舎に駆け込んだ。

*

腰に剣は帯びていたがそれは抜かず、風竜の捕らわれている檻の前へやってきた。

人の気配を察知したのか、檻の中で丸くなっていた竜が顔を上げる。

シルフィアは、この風竜がまだ小さいと言っていたが、体高だけでもリューンの倍はある。翼を広げ、尾をのびのびと伸ばしたら、幼体といっても人間からすれば圧倒的な大きさだろう。

「こんな狭い場所に閉じ込められていたのか。これではまるで虜囚じゃないか……」

檻の扉に巻かれた鉄鎖をリューンが解きはじめると、竜が大きく鳴く。

「これでも竜泥棒の真っ最中だ。すこし、静かにしていてくれると助かるが」

リューンは苦笑しながら重たい鎖を外していく。

「私はリューン・アース・ヴァリレエ。君は風竜なんだろう？　私の父ファーンは、君の前の風竜に乗っていた竜騎士だ。君が先代の生まれ変わりなら、覚えていないかな？」

本気で竜に前世の記憶があると思っているわけではないが、父はこうして竜を身近に感じていたはずだ。彼自身が竜と信頼関係を結んでいるわけではないにしても、親近感を覚えてそう話しかけた。

竜は警戒するようにリューンを青い瞳でにらんでいるが、動じずに笑みを浮かべる。

「さあ、扉の鎖が解けた」

ようやく扉を開くと、蝶番が大きな音を立てた。風竜も警戒して咆哮するので、静けさの中で颯爽と竜を奪っていくのは無理そうだ。

「本当に大きいんだな。こんな間近に見るのは初めてだ。なんと美しい姿だろう――体に触れてみてもいいだろうか」

そっと前脚に手を伸ばしたが、風竜は大きく首を振って彼の手を振り払った。あやうく、身体ごと吹き飛ばされてしまいそうだ。

「私は、君と仲良くなりたい。ああ、これが良くないか。そうだな、友好の証にはならないな」

リューンはひとりごちて腰のベルトから剣を外し、それを檻の外に投げ捨てた。

丸腰で両手を広げて敵意がないことを風竜に示すが、人間の仕草は竜に通用するのだろうか。

檻を開けはしたものの、風竜の後ろ脚はやはり鎖で鉄柱につながれている。

かつて、たくさんの竜が棲んでいたはずの竜舎だが、今はまるで竜を閉じ込める牢獄だ。

「鎖を外そう。そちらへ行ってもいいかい？」

竜をつなぐ鎖は檻の中。近づくためには、風竜の背後にまわらなければいけない。

だが、すっかり警戒した風竜はリューンがどれだけ声をかけても反応せず、隙を作らないように身構えている。

「怯えなくていい。私は決して君に危害は加えない」

少しずつ、風竜を落ち着かせるために声をかけながら背後に回ったが、竜は目でリューンのあとを追ってくる。いつでも攻撃できるように。

「君はどこで生まれたの？　竜と親しい女性がいてね、彼女は君がまだ小さな竜だと言っていたよ」

一歩近づき、鎖に手を伸ばす。だが風竜は狭い檻の中で身をよじり、尻尾でリューンの身体を奥の壁に撥ね飛ばした。

「心配いらない。鎖を外すだけだから」

硬い石壁に肩をしたたかに打ちつけたが、リューンは表情を変えることなく微笑んだまま、ふたたび鎖に手を伸ばした。

今度は風竜が咆えた。耳もとで咆哮があがって、鼓膜が破れそうなほどの振動が周囲の空気を揺らす。

「困ったな、耳鳴りがして君の声が聞こえない」

耳を押さえてリューンは笑い、柱の陰にぶら下がっていた鍵を手にして鎖を外そうとしたのだが——。

「やはり本性を現したか、盗人めが」

竜舎の外の広場に、四人の騎士を従えたアヴェンが立っていた。

彼の手には弓矢があり、ぎりぎりまで引き絞られた弦は、今まさにリューンを貫くために王子の手から離れそうだ。

「盗人の真似事をしたことは謝罪いたします。ですが殿下、この竜の力を借り、街に現れた竜を鎮めなければ、レスヴィアーザ王国は永遠に竜と和解を望めません。一刻を争う事態です」

「和解だと？　レスヴィアーザの版図を火の海に沈めた竜と和解など必要ない。あの竜は街にとって破壊をもたらす邪竜だ！」

「それは違います、殿下。我々人間が竜の信頼を裏切り、絶滅の危機にまで追いやりました。あの炎の竜も、人に攻撃をされて反撃に出たに過ぎないのです！」

「盗人の戯言など耳を傾けるに値せず。それほど俺が竜を手に入れたのが羨ましかったか？　レスヴィアーザ王家の名を辱める異端児め。よそ者の血を持つ貴様に、父親の跡目を継ぐ資格が、竜騎士になる資格があるとでも思うのか。王家の血統に穢れをもたらした貴様の父親も、喪うべくして竜を喪ったのだろう！」

　アヴェンはリューンへの憎しみを隠そうともせずに叫び、矢を射ようと狙いをつけた。

　だが、リューンは奥歯を噛みしめると、彼らしくもない険しい表情で従兄弟をにらみつける。普段ならば拳を握りしめて耐えたかもしれないが、怒るべき場面で怒りを表明できないことをツァイルに詰られたばかりだった。

　そう、事実と異なる誹謗《ひぼう》を受け入れるのは、リューン自身が父を侮辱していることになるだろう。すっと怒りが腹の底に収まった。

「私のことはいくら言おうと構わないが、これ以上、父を侮辱するならば、殿下といえど看過はできません。では言わせていただくが、こうして無事に生き永らえた竜を保護こそすれ、このように鎖で縛めて狭い檻に閉じ込め、日々剣で追い立てるような真似をして、竜の心を得られるとでも？　そのような御仁に竜騎士の資格があるとでもお思いか」

「なんだと、貴様……」

「これ以上、この竜を攻撃して醜態をさらす前に、いっそ逃がしてやったほうが国益になりましょう、アヴェン殿下。レスヴィアーザの王太子は竜を乗りこなすことができなかったと、不名誉な噂をされる前にね」

リューンに向かって矢が飛んでくる。彼はそれを屈んでかわすと、さっき投げ捨てた剣を拾い上げた。

「あやつを射よ！」

王子に命じられた騎士たちは顔を見合わせる。

いくら王子の命令といえど、相手《リューン》は国王家の血を引く公爵で、市中警備団の統括役を担う、彼らにとっても間接的な上官なのだから。

騎士たちが躊躇った瞬間、リューンは剣を抱えたまま竜の鎖の鍵を外すと、「早く逃げろ」と風竜に囁き、離れるように走り出した。

風竜が逃げたとしても、シルフィアがなんとかしてくれるだろう。彼女はあのティルディアスの血を引く、竜騎士の直系なのだから。

アヴェンが放った矢が立て続けにリューンに襲いかかるが、彼はそれを剣で叩き落とす。

だが、月は明るいが逆光で視界は暗く、矢継ぎ早に射かけられてかわし損ねた。

アヴェンとてこの国の王太子として剣術も弓術もひととおり修めている騎士だ。竜にこそ敵わなかったが、彼は大変な努力家であり、その腕前はリューンには一歩及ばないものの、折り紙付きである。

そんなアヴェンの狙いは恐ろしく正確で、月明かりに照らされたリューンを確実に捉えていた。

「リューンさまあっ！」

遠くでシルフィアの絶望的な悲鳴があがった。

アヴェンの放った矢が、まっすぐリューンの腹部を貫こうとしている。

ところが、思わぬ横風に煽られた矢は軌道を逸らし、彼の腹部ではなく、わき腹をかすめてあらぬ方向へ飛んでいった。

鎖を外された風竜が宙に浮かび、その口から風を吐き出していたのだ。

「……君が？」

『リューン・アース・ヴァリレエ。あんた、おもしろい人間だね』

人間たちの耳には、ただの竜の咆哮にしか聞こえなかったが、リューンの頭の中に直接かけられた声は、幼い少女のものだった。

『あたしの背に乗せてあげるよ、リューン。あたしの真名はイヤファァ』

「真名……？　この声は君、風竜なのか……!?」

『あのいやったらしい金髪男には絶対教えるつもりはなかったけど、あんたならいいよ。鎖を外してくれた』

イヤファと名乗った風竜はもう一声咆えると、今度は王子と騎士たちに向かって暴風をたたきつけた。

直撃を喰らった王子たちは立っていることができず、よろめき、後ろに吹き飛ばされる。

その隙にイヤファは地面に舞い降りると、リューンに背中を向けた。

『ツァイルのところに行くんだろう？　早く乗りなよ』

「君は、ツァイルを知っているのか!?」

『だって、毎日ここであたしを見てたじゃない。こうやって頭の中でね、竜同士はお話ができるの。そして、信頼できる人間ともね』

そういえば、ツァイルは竜舎へ来るたび、言葉もなくじっと風竜を眺めていた気がする。

あのとき、頭の中で同胞と会話していたというのか。

『ほら、早く』

リューンは恐る恐る竜の背中に手を触れ、そこに登った。

馬よりもはるかに大きく、安定感はあるが、生まれて初めての経験に手が震える。

父がかつて乗っていた竜の背中。竜に背中を許されるということは、リューンは竜騎士として認められたことになる……。

『飛ぶよ』

大きく肉厚な翼がはためくと、風が巻き起こり、その巨体が地面に浮く。浮遊感に不安定さを覚えて背中の突起にしがみつくと、イヤファは空高く舞い上がった。

「竜が……！　ヴァリレエ公閣下が、竜の背に！」

「竜騎士の誕生だ！　ヴァリレエ公が新しい竜騎士だ！」

アヴェンに従っていた騎士たちが口々に叫び、主人がどれほど顔面を蒼白にしようと、そんなことも忘れてリューンに声援を送った。

レスヴィアーザでは、竜の背に乗る者は英雄なのだ。

イヤファは高い場所から一気に地面すれすれまで滑空すると、竜舎の入り口で見守っていたシルフィアのところへ寄った。

『シルも早く乗んな！』

彼女は地面すれすれを飛んできた竜の尾に容易につかまると、そのまま空へと向かう竜の背中に危なげなく乗り込んだ。

彼女のおっとりした性格と動作からは、まったく想像もつかない芸当である。

「イヤファ、無事でよかった！　リューンさま、おめでとうございます！　そしてイヤファを助けてくださって、ありがとうございました」

「え、シルフィア……君も、この竜と……？」

「はい。私の祖先のティルディアスは、竜と血の盟約を交わしたんです。彼は竜の血を飲んだ人間で、その血を引く私も、竜の真名を聞き出すことなく知ることができます。竜の背に乗る資格はひとつ、その竜から真名を教わることです。リューンさまならきっと、イヤファに名前を教えてもらえると思っていました」

それを聞いた瞬間、ぞわっと全身の血管が沸き立つ気がした。

彼女は本当に竜と共に過ごしてきた娘なのだ。リューンが焦がれ、焦がれ続けてきた竜に囲まれて生きてきたのだ。

「信じられない……」

ぽつりとつぶやいたが、リューンはあらためて自分が竜の背に乗っていることを思い出し、冷たく流れていく風にさらされて息を呑んだ。

「リューンさま、竜の背中のこぶにつかまるといいですよ。でも、きっとリューンさまのおうちになら、竜につける立派な鞍もあるのでしょうね」

倉庫に大事にしまわれている竜の鞍を思い出し、リューンは興奮で震える手を止めるよう、腹に力を込めてうなずいた。

暗くて周囲の様子はよく見えないが、ぐんぐんと眼下に炎がくすぶるビアレンの街が迫ってくる。

「みなさん、無事だといいのですが……」

「街は市中警備団に任せておけば大丈夫だろう。まずはツァイルを……」

リューンは月の下に見える山を見据えたが、ふとわき腹にずきずきした痛みを感じ、手をやった。さっきアヴェンの放った矢が掠めた場所だ。

わき腹に触れた手が濡れる。

手を離してみると、そこにはべっとりと血がついていた。

「リューンさま、怪我を？」

「かすり傷だ、心配いらない……」

イヤファが風で矢の軌道を逸らしてくれたので、掠っただけだ。出血はあるが、そんなに大きな傷ではないはずだ。

それなのに、視界が霞みはじめてきた。ひどく身体が熱く感じる。

汗が背中を伝い、手が震えた。

「リューンさま……!?」

シルフィアの心配そうな声が何重にも響いて聞こえてきたが、リューンの耳にはぷっつり届かなくなっていた。

第四章　竜の棲む村

（寒い……凍えそうだ……）

歯の根が合わず、ガチガチと音がするほどに震えていた。身体は燃えるように熱くて汗だくなのに、寒くて仕方がない。

まるで身体ごと氷の中に閉じ込められているようだ。

身体をあたためようと自分の腕でかき抱いてみても、そこにぬくもりは生まれない。指先が冷たくて、自分に触れるのもいやだった。

（このまま、息絶えてしまうのだろうか……）

寒いという言葉だけで片付けるのが難しいほど、そこは冷たくて、痛くて、全身の血液も凍りついてしまいそうだった。

ひと呼吸するたびに気道をふさがれ、息が苦しくなる。

(リューン、こっちへおいで)

そのとき、遠くから女性のやさしい声が彼を誘った。見上げると、太陽の光のまぶしいほうから、やわらかな手が差し出されている。とてもあたたかそうな手だ。

「母上……母上なんですか?」

見たこともない、名前も知らない、でもリューンの名を呼ぶ声はとてもやさしい。

それが彼の母なのだと、何の疑いもなく信じた。

リューンはその手をつかもうと、凍りついた腕を上げる。逆光で顔は見えないものの、風がふわりと母の匂いを運んできた。知るはずもないのに、とても懐かしくなる香り。

だが、誰かにその腕を引き戻された。冷え切ったリューンの腕をつかんだのは、あたたかな別の誰かの手だ。

しかし、振り返っても誰もいない。リューンはもう一度、母に視線を向けた。

「母、上……?」

目を凝らした。

まばゆい光に母の姿が溶ける。

だが、その髪は、ずっと信じていた彼と同じ濡羽色《ぬればいろ》ではなく——とろけるような蜂蜜の色だった……。

「…………っ！」

突然、覚醒した。

心臓が音を立てて鼓動していて、全身に冷たい汗をかいている。だが、さっきまで感じていた寒さはなく、暑いくらいだった。

夢を見ていた気がするが、目を覚ました瞬間に内容は忘れてしまった。ただ、胸の奥底に燻《くすぶ》る焦慮だけが、失われた記憶の代わりに残されている。

リューンは大きく息をつき、仰向けの姿勢で視界に広がる光景を凝視した。

「ここは……」

木材を組んで造られた小屋、だろうか。

ずいぶん年季の入った柱や梁が印象的だ。そして、ひどく生活感に満ちた光景だった。

手作りのカーテンが風に揺れ、窓から射し込む太陽の光がまぶしい。

なんとも長閑で平和な風景だ。

「う、ん……」

ふいに耳もとで女の寝言が聞こえた気がして、リューンは視線を下げる。

目に飛び込んできたのは、艶やかでまっすぐな白金色の髪だった。陽光に透ける絹糸のような長い髪が、リューンの裸の胸の上に広がっている。

彼の身体に回された白い華奢な娘の腕。

そして、彼女のやわらかな乳房が、自分の硬い胸の上で押し潰されている……。

「シ、シルフィア……っ!?」

彼女の背中から下は肌掛けで覆われていて見えないが、触れあう感覚は素肌だった。

硬質な自分の身体にシルフィアのやさしい裸身が寄り添い、細腕でぎゅうっとリューンを抱きしめていたのだ。

ふと顔を上げたシルフィアは、驚愕しているリューンを焦点の合わない寝ぼけ眼でみつめると、やがて菫色の瞳を滲ませて彼の首に抱きついてきた。

「リューンさま！　よかった……！」

「ちょ……待て、待ってシルフィア」

柔肌を押しつけられ、リューンの頬が真っ赤に染まる。

彼女が飛びついてきた勢いで、ふたりの身体を覆っていた肌掛けがはらりと落ちたが、想像通りにふたりとも何も着ていなかった。

だが、彼女はそんなことには頓着せず身体を離すと、しっとりした手でリューンの額に触れた。

「熱、下がったみたい。でもまだすこし顔が赤いですね……」

顔が赤いのはこの仰天の事態のせいだが、シルフィアの言葉から察するに、どうやらリューンは熱を出していたようだ。

「あ、あ……シルフィア、ここは、これは……」

固まったまま身動きが取れず、リューンは混乱の体《てい》で視線をさまよわせた。

彼女の身体と重なり合う部分が熱くて、いやな汗が出てくる。さらけ出されて、隠しようもない場所が硬く勃ち上がっているのだ……。

（いや、朝だから！　単なる生理現象だ。今は朝、今は朝……）

リューンはまじないのように繰り返し頭の中で唱え、こっそり腰を引いた。

「ここはティルディアスの私の家です。昨晩、リューンさまがイヤファの背中で気を失ってしまったのでここに……お元気そうでよかった……」

確かに元気そうだが、つまり、そそり立つ象徴を見られてしまったのだろうかと、リューンは青ざめた。

そもそもこの状況から察するに、彼自身で脱いだわけではなく、当然、見られているわけだが……。

しかし、彼の焦燥など気に留める余裕もなく、シルフィアは涙の滲んだ目許を拭っている。

「ここがティルディアス……君の家、なのか」

ごまかすように言ったが、ここが竜の村だということにようやく意識が向いて、リューンは窓の外に視線をやった。

カーテンの隙間から見えるのは、どこまでも広がる緑の森と高い空だった。

「はい。リューンさまのお邸とは比べ物にならないくらい狭くて、恥ずかしいですけど」

シルフィアの言う通り、彼らが横になっている小さなベッドで、手狭な部屋の半分は占拠されている状態だ。でも、窓辺に手作りの人形や小物などがかわいく並べられていて、年頃の娘の部屋らしく明るい。

「いや、とても明るくて素朴で、君らしい部屋だと思う。しかし、気を失うほど大きな怪我だったとは思わなかった……」

「それが、矢傷自体はそんなにひどくなかったんですが、矢に、毒が塗ってあったみたいで……」

シルフィアは身体を起こすと、横たわったままのリューンの左わき腹に触れた。手当てをしてくれたらしく、布が当てられている。

ただ、そのすぐ下では、彼の雄がはっきりと隆起していた。

やわらかな胸を押し当てられたり、ほっそりした指でわき腹にさわられたり、なによりその奇跡のように美しい裸体を目の前にぶら下げられ、身体の中心は素直に疼いている。

……居たたまれなかった。

リューンはさりげなくシルフィアの手を払うと、上体を起こして彼女に背を向ける。かすかに傷が痛んだが、それほど大きな痛みではないようだ。

「ど、毒？　殿下に嫌われているのは承知していたが、毒矢を仕掛けてくるほどとは……」

だが、レスヴィアーザで竜を盗むという行為は、処刑に値する重罪なのだ。一概にアヴェンを責めることはできない。

風竜を運よく奪えたとしても、後で罪人として殺されるかもしれない。自分自身に恥ずべきところはないが、そんな覚悟は当然持っている。

「あ……。ですが、死毒ではないとグレヴァが診立ててくれました。村にあった薬草で解毒薬を作れたので、もう毒は抜けているはずです。ただ、熱がひどくて……でもリューンさま、ずっとうわ言で寒い寒いって震えていたから――人間は肌であたためるのが一番だと聞いて、それで……」

だから裸でリューンに寄り添って、ずっと抱きしめてくれていたのか。

「そ、それは大変な迷惑を……」

「全然迷惑なんかじゃないです！　だってリューンさまは、ツァイルを助けるために必死になってくださったんです。それに、イヤファのことも助け出してくれました。なんてお礼を言ったらいいか……」

「いや、礼を言うのは私のほうだ。看病してくれて、ありがとう」

気まずいやら恥ずかしいやら。リューンは背中を向けたが最後、まともにシルフィアの顔を見ることができなくなり、窓の方を向いたまま ちらりと肩越しに彼女を振り返った。

でも、シルフィアは悲しげにうつむいて、指先で滲んだ涙を弾いている。

「……私、リューンさまがしてくれたこと、本当にうれしかったんです。だからリューンさまがよくなるなら、なんだってしようって……でも、ごめんなさい」

「――なぜ謝るんだ」

謝罪される理由が思い当たらなくて、リューンは身体を捻ってシルフィアを見た。すると、彼女の顔がくしゃっと歪む。

「……リューンさまは、私にさわられたくなかったでしょう……？」

シルフィアは表情を隠して床に落ちていた肌掛けを拾うと、そっとそれをリューンの肩にかけた。

「リューンさまの服、取ってきますね」

「待って」

ベッドから降りようとしたシルフィアの腕を、リューンは反射的につかんでいた。

彼女は泣きそうな顔をしていて、目が合うとあわてて顔を背ける。

「私はそんなことを言った覚えはない。むしろ、私のために身を挺してくれた君には、本当に感謝している。なぜそんなふうに思ったんだ」

彼女がそう思うに至った理由に見当がつかず、リューンは困惑して眉根を寄せた。

「だって、リューンさま、さっき……」

彼に払いのけられた手をぎゅっと握って、シルフィアはぐすっと鼻をすすった。

わき腹に触れられたとき、彼女の手を遠ざけ、背中を向けたことを言っているのだ。

「ち、違う、断じてそうじゃない！　私はただ、醜い劣情を、君に見られたくなかっただけだ……」

「みにくい、れつじょう――って、なんですか？」

シルフィアはきょとんと涙に濡れた目でリューンを見た。

「あ……いや」

己の意思でどうしようもない部分が、少女のやわらかな感触に反応してしまったことが情けなくもあり、後ろめたくもあった。

だが彼女はきっと、リューンが自分に欲情していることなど知る由もないだろう。いや、欲情という概念そのものを知っているのかどうか……。

そもそも、男の身体についての知識もないのだろう。昨晩、初めてそれを見たと思われるシルフィアの目は、紛れもなく観察眼だった。

でも、今こうして朝の光の中で見る彼女の潤んだ瞳は、きらきら光る宝石のようで、とてもきれいだ。

リューンを心から心配してくれているのに、そんな彼女を無下に突き放した格好になった。そう、彼が泣かせたのだ。

「君に触れられるのは——いやじゃない」

「本当ですか?」

彼女はリューンの内心を推し量るようにまっすぐ目をみつめる。

「いやどころか……」

そんな目で見られていると、男の本能的な欲望ではなく、素直にかわいいシルフィアが欲しいと思った。

そして、彼女の天然の誘惑に抗う術を、彼は持たなかった。

恐る恐る手を伸ばして彼女の艶やかな髪に触れてみる。

すると、彼女は菫色の瞳を切なく細め、リューンの強張った手を取ると、その指先に唇を押し当てた。

シルフィアの熱い吐息が指にかかり、胸の奥がざわつく。

そのまま誘われて、リューンはやわらかな少女の唇を指でなぞっていた。

「リューンさまの手、あったかい。昨晩は氷みたいに冷たかったんです……」

彼女の熱っぽい唇がリューンの指を食むので、リューンもはっきりシルフィアの唇を撫で、吸いつくような頬に手のひらを当てると、無意識に小さな頭を抱え寄せた。

抵抗なくシルフィアの身体が倒れ込んでくる。

「シルフィア、君の唇に触れてもいいだろうか」

「もう、触れました……」

「指ではなくて」

細い顎をすくって上を向かせると、まるでミツバチを誘う花みたいに、朱色に色づいた彼女の唇がわずかに開いた。

「キスしても――」

全部言い終わらないうちに、少女のやさしい唇がリューンに重なった。

＊

人の唇はあったかい。

キスをしたことはある。小さな頃からずっと一緒だった火竜に、親愛の表現として、頭や顔にたくさんくちづけをした。硬くてつやつやの、きれいな赤い鱗に。

でも、リューンの唇は弾力があって、身体と同じく熱かった。

衝動の赴くままにリューンの唇に触れにいったら、彼はそれを迎え入れてくれた。

重ね合わせるだけではなく、吸いついたり角度を変えて食《は》んだり、大きな手に頭を抱え寄せられて、逃がさないようにつかまえられたり。

そうしているうちに吐息があふれ、喉の奥で声を漏らしてしまうと、リューンがシルフィアの髪の中に指を挿し入れ、長い髪を撫でてくれた。

(ああ……)

リューンにさわられるのは、とても気持ちいい。

人の姿を象《かたど》ったツァイルに触れても、こんな気持ちにはならなかった。

リューンと触れあうところが熱くて、胸がしめつけられるように苦しくて、ため息が出てしまう。

これまで勘違いからとはいえ、リューンにはさんざん問題発言を投げつけて、かなり引かれていたから、嫌われるのは仕方がないと思っていた。

しかし、手を払いのけられて背中を向けられた瞬間、本当に嫌われてると思って悲しくて、涙がこみあげてきた。

だけど今は、シルフィアの背中に彼のあたたかな手が触れ、髪に指を絡められ、唇でつながりあっている。

それがうれしかった。

彼の裸の胸に手を当てると、びっくりするくらい厚みがあるので、撫でまわしてその感触を指で味わいたくなる。

昨日、リューンに胸をさわられた挙句、口に含まれて驚いたが、なんとなくそうしたくなる気持ちはわかった。初めての感触を、いろいろ味わってみたいと思ってしまう。

シルフィアも負けじとリューンの広くて硬い胸にさわって、縋りつきながら喉仏に指を這わせる。すると、リューンの身体が震えた気がした。

(リューンさまも、私と同じ)

昨日そうされたように、シルフィアもリューンの肌に唇で触れてみたかったが、重なり合った唇が離れなくて、それはできない。

「ん……ん……」

抱き合ってキスしているだけなのに、たくさん身体を動かしたときみたいに呼吸が荒くなる。心臓も全力疾走の後のようだ。

ふと唇が離れた。閉ざしていた瞼を開くと、すぐ目の前にリューンの深緑色の瞳があって、彼もまた大きく息を乱している。

そして、熱に浮かされたような表情でシルフィアをみつめていた。

「リューンさま、まだお熱……?」

「……そうかもしれない。君の熱に当てられた」

「私は熱なんて」

ないのに――そう言うつもりが、また頭を抱き寄せられ、唇をふさがれる。

今度はリューンの舌が口の中に入ってきて、シルフィアの舌を搦め捕る。頭の中が真っ白になったが、そうやって口の中を愛撫しあうことに心地よさを覚え、彼の動作を真似て同じことをした。口の端から唾液がこぼれるほど、激しく。

自分もそうだが、リューンも夢中になってシルフィアの中を荒らして回る。

（リューンさまもこうしてると、気持ちいいのかな……）

気がつくと、彼女を仰向けに横たえたリューンの身体がのしかかってきた。だが、その重みがなんだかとっても甘苦しい。

「――シルフィア、もっとさわっても、許してもらえるだろうか。君の身体に……」

リューンの瞳が懇願するように細められ、ここから下に触れる許可が欲しいと言いたげに、もどかしく彼女の鎖骨をなぞる。

「はい……さわって、ください……もっと」

昨日、胸だけではなく身体中にしっとりした手を這わされたとき、はっきりと「気持ちいい」と思ったし、またそれを感じてみたかった。

リューンが触れると、胸の頂が朱く染まって硬くなる。男らしくもなめらかな手に乳房を握られ、ぷっくりと立ち上がった乳首を指先で擦られると、身体の中を痺れに似た何かが走り抜けた。

「あ――」

触れられていない脚の間が疼いて熱くなり、腰が勝手に揺れてしまう。

「リュ……ンさ、ま……」

切なく見上げると、朝の光の中でリューンは彼女の身体を見下ろし、どこか苦しそうに目を細めていた。

「こんなにきれいなものを見たのは、初めてだ……」

彼の手は乳房を揉みしだきながら、シルフィアをさらに抱き寄せて、耳の後ろに吸いついた。

「あ——ッ」

耳の後ろの部分を強く吸われ、あたたかな舌でぺろりと撫でられると、肌がぴりぴりと反応する。

同時に、割れ目の中がますます脈打つように熱く疼き出し、しっとりと濡れはじめるのを感じた。リューンと抱き合うと気持ちいいから、身体が蕩け出したに違いない。

ふと、太腿に彼の性器が当たっているのを感じた。昨日見たそれは、人体の一部とは思えない不思議な硬さだ。

つい腿をすり寄せ、無意識に手を伸ばす。

「シルフィア——!」

リューンのあわてる声を遠くに聞きながら、手の中のそれをぎゅっと握りしめた。すこし熱くて、わずかに力を入れると表面が動いた気がして、驚いて手を離す。

するとと、リューンが頬を赤らめて目を閉じ、吐息をついたのだ。

それを見てうれしくなってしまい、シルフィアはもう一度リューンの硬く熱い塊を手のひらに収め、ぎゅっぎゅっと握った。

「シル、フィア……っ、君は、わかってやってるの？」

顔を赤くしたまま、リューンは楔をかたく握りしめる彼女の手に触れる。

「あっ、ごめんなさい。とっても不思議で、つい……」

さわってはいけなかったのかもしれない。急いで手を離そうとしたが、リューンの大きな手がシルフィアの手ごと包み込み、その滾る肉塊を握らせた。

そして、ゆっくりと上下に動かしてみせる。

「こうして……」

耳もとに直接囁かれ、誘導されるままに手を動かすと、彼の吐息が熱量を増した。

リューンが手を離しても教えられたとおりに動かし続けると、楔の先端が滲みはじめて、彼女の手を濡らす。

「あ、ぁ——」

息を詰めるようなリューンの声に、胸が高鳴った。

だが、彼は熱い息を吐きながらシルフィアの膝を開き、濡れた秘裂に指を這わせてくる。

擦られると、濡れた音が鳴った。

そこが濡れるのは、子種を受け入れるためだとリューンは言っていた。彼の指が割れ目に沿って動かされると、どんどん濡れてきて、水音も次第に大きくなっていく。

「あぁああっ、リューンさま——そこ、さわられると……私っ」

指先でわずかに撫でられているだけなのに、大きく身をよじるほどの快感が生み出される。お腹の奥がぎゅっと縮まり、気持ちよくて、リューンの腕にしがみつきたくなる。

「私の劣情を、煽ってくれたお返しだ」

「あっ、ああ……っ」

あたたかな指の腹で押しつけるように花蕾を潰されて、小さく揺らされると、シルフィアは両膝を立て、悲鳴をあげながら腰を動かしていた。

握ったままのリューンの楔からも、どんどん蜜があふれだしているようで、彼女の手のひらはすっかり濡れている。

「リューンさま……っ、ああ、リューン——」

ぬるついた秘裂を彼の指が滑り、子種を受け入れる場所へ挿し込まれる。

「ああぁん……ッ！」

指を出し挿れされると、ぐちゅっとさっきよりも粘質の音が高らかに鳴り、知らず知らずにシルフィアは頰を染めていた。

疼く腰を弓なりに反らすと、突き出された胸の頂をリューンの唇がついばみにくる。

硬く尖った頂を舌で包《くる》まれ、ちゅうっと吸い上げられた途端、下腹部をまさぐられる快感と直結して、局部がきゅんっと痺れはじめた。

「はぁっ、私……こんなの、知らない……！」

リューンに触れられるまで知らなかった感覚がすこし怖かった。でも、彼のたくましく熱い肉体と重なり合っていると思うと、この痺れも心地よく感じる気がした。

「私も知らないよ……でも、悪い――もうやめられない」

薄く目を開けると、シルフィアの胸を舌でまさぐるリューンの黒髪が揺れている。

そこからは、シルフィアをもっと疼かせる匂いがしてきた。近くに感じると、まだちょっと緊張してしまう。でも、どうしようもなく惹かれるリューンの匂い。

彼の額にキスして、その髪に顔を埋める。すると、リューンが顔を上げてシルフィアの頬にくちづけてくれた。

「リューンさま……どうしよう」

小さく言うと、手を止めたリューンの熱っぽい瞳が、わずかに冷静さを取り戻したように見えた。

「私たち、今とっても、いけないことを……している気がするんですが――」

「……」

こんなふうに異性と身体を重ね合うことを今日まで知らずにきたが、行為はとても秘めやかで、誰かに知らせてはいけないことだと思えた。

シルフィアが子種をねだるたび、リューンが顔色を変えていたのも当然だ。思い出すだけで、今すぐこの場から走って逃げたくなるほどに恥ずかしい。

「だけど、私、リューンさまとこうするの、すごく、好きかもしれません……」

身体が気持ちいいのもあるが、胸の奥がとても満たされて、自分を抱きしめてくれることの大きな存在が、どんどん愛おしくなってくる。

彼女が竜たちやオジジたちに感じているものとは違う、別の『大好き』が湧き上がってくるのだ。

リューンはシルフィアが大事に思っているものを、同じ気持ちで大事にしてくれる。そして、そのやさしく力強い手で、何も知らない彼女を導いてくれる。

そんな彼にだからこそ、安心して身を預けていられた。思わずリューンの身体を、両腕でぎゅうっと抱きしめる。

「シルフィア」

リューンの手が彼女の白金色の髪を撫で、キスをしてくれた。

「私も、君とこうしていると、とても幸せな気分になる」

笑ってくれた表情もたまらず愛おしくて、シルフィアは心の赴くままに自分からキスを求め、リューンの首に腕を回して舌を絡めた。

彼の肩や背中のたくましさを手のひらに感じながら、唇を貪り、頬や喉仏にもキスを落とし続ける。

「リューンさま……」

勢いあまって身体を起こすと、シルフィアはリューンを仰向けにして自分がその上にのしかかっていた。厚みのある広い胸が視界いっぱいに飛び込んでくる。

シルフィアもリューンと同じように彼の胸に唇を寄せ、舌で愛撫し、吸った。

熱い肉体から彼の香りがたちのぼってきて、夢見心地になる。

手当をしたわき腹の近くに指を這わせると、リューンが息をついたのが聞こえたが、痛みのせいではないようだ。

もとはと言えば、ツァイルを助けてくれというシルフィアの無茶な願いを聞き入れたせいで、こんな矢傷を受ける羽目になったのだ。

「怪我させて、ごめんなさい……」

早く傷が癒えるようにと願いをこめてキスをし、肌を舐める。

「君のせいでは……あ――ぁ、シルフィア……っ」

リューンの唇から甘いささやき声が漏れ、馬乗りになったシルフィアの腰はぐっと力強く抱き寄せられていた。

熱く滾る男性の矢が濡れた割れ目に押し当てられると、滴る蜜がその硬さと熱を吸い寄せ、ぴたりと重なり合う。

「リューンさま……なんだか、私……」

熱塊が彼女の肉の割れ目に食い込み、リューンが腰を動かして花の内側を擦り上げる。するると、身体から力が抜けてしまうような甘い感覚が広がった。

「あ……あぁ……」

彼の鍛え上げられた腹部に手を置き、身体が求めるままに腰を動かすと、リューンもまた荒く吐息をつきながら、シルフィアの小さな動きに合わせて、腰を揺さぶる。

そのたびに楔が蜜を広げながら蕾や花びらを押し潰し、淫らな音を立てた。

「は――っ、あ、リューンさまの硬いところ、当たって、すごく、きもちいい……」

「私もだ――」

きっと、この行為は絶対に他人に見せてはならない、ふたりだけの間で共有する神聖な秘密だ――。

これが子種を得るために必要な行為なのだとしたら、彼以外の人間とはできそうにない。むしろ、見知らぬ男性にこんなことをされたら、怖くて身動きひとつとれなかっただろう。

あの酒場から強引に連れ出してくれたリューンには、感謝してもしきれなかった。

ふいに熱い手がさらにシルフィアの腰を抱き寄せ、楔をもっと強く押し当ててくる。

「あっ、あああんッ」

リューンに突き上げるように激しく腰を動かされると、彼の腹部についていた腕からがくんと力が抜けた。

そのまま仰向けのリューンに倒れかかってしまい、分厚い胸板に縋りつくが、そこから聞こえてくる彼の心臓の音は、シルフィアと同じく速度を上げていた。

「ふ、あぁぁ、気持ちいい……！」

未知の快楽に震えるシルフィアの身体を強く抱きしめ、リューンはふたたび彼女を下にして横たえた。

のしかかられ、血管が浮くほどに張りつめた肉塊を、濡れた割れ目に沿って擦りつけられる。胸も喉も肩にもリューンの唇が押し当てられ、舌でなぞられているうちに腰がガクガク震え出した。

やがて、頭の中がふわふわして意識がぼんやりしてくる。

「シルフィア、君が、好きだ……」

荒らげた呼気の合間に、リューンが掠れ声で囁いた。瞬間、目の前が真っ白に弾けて、何もわからなくなる。

「はぁ——っ、リューンさまっ、あっ、あっ、やぁっ！」

何かを叫んだ気がしたが、気がついたときにはリューンの背中に強くしがみついて、声もなく果てていた。

それと同時に、おなかの上に熱いものがかかる。

「………」

自分の荒々しい呼吸音を聞きながら、彼女の上に跨ったまま、肩で息をしているリューンをぼんやり見上げたが、何が起きたのかよくわからなかった。

でも、身体の芯が震えるほどの快感は、シルフィアに言葉にならない幸福感を与えてくれた。全身が甘ったるくて、あたたかくて、ずっとこの感覚にとらわれていたくなる。

ふと気になって、おなかにかかったものを指ですくった。すると、ねっとりした白い液体で濡れている。

「これ……？」

彼に答えを求めると、急に現実に引き戻されたようにリューンが顔に焦燥を浮かべた。

「す、すまない……君に、こんなことを。手拭いはないだろうか」

あわてて室内を見回すリューンをぼうっと見上げていたが、ふいに答えが降ってきた。

「もしかして、これが子種――ですか!?」

「………」

リューンが一気に気まずい顔をしたので、どうやら正解だったようだ。

「全然、花の種なんかじゃなかったんですね、恥ずかしい……。でもリューンさま、おなかの上では育たないのでは……？」

彼の硬い部分をシルフィアの身体に挿し入れ、子種を注ぎ込むと教わったばかりだ。でも、リューンの熱の塊は彼女の中に入っていない。

「あ、あのね、シルフィア。物事には順序というものがあって……いや、すっ飛ばしたのは私のほうで、大変申し訳なく、もちろん責任はとるつもりだが……」

「――？」

「というか、ツァイルのことは、解決したのだろうか？」

言われてようやく思い出した。

「――ああっ、ツァイル！　ごめんなさい、すっかり忘れていました……！」

＊

高い空を仰いで、リューンが深呼吸した。

「ここがティルディアスか……」

見渡す限りの青空と、高い山の稜線がくっきりと視界に映える天気のいい日だった。

シルフィアの目には見慣れた山村の風景だが、都会育ちの彼にとっては何もかもが目新しく、自宅の狭い山小屋も家畜も畑も、見るものすべてが珍しいようだ。

遠くから小鳥のさえずりが聞こえてくると、リューンの頬がほころぶ。

「静かで、風が穏やかで、まるで時間が止まっているみたいだ」

「何もないところなので、退屈でしょう？」

「いや……ここにいると差し迫った状況だということを忘れてしまいそうになる」

ビアレンを出立した騎士団が、火竜を討伐するために北へ向かっている。それより先にツァイルをみつけだし、顎に刺さった矢を抜いてやらなければならないのだ。

だが、村ののんびりした空気に丸め込まれてしまったのか、リューンの表情はすっかり日向ぼっこじいさんのそれである。

「グレヴァには昨日のうちに話しておきましたから、騎士団は間違ってもここに入ってこられません。ティルディアスには近寄れないよう、魔法の結界を張ってくれました」

「魔法……。グレヴァというのは確か、大地の精霊竜だったね。この村に？」

「はい。グレヴァはティルディアスが乗っていた竜なんです」

リューンは足を止め、きれいな深緑色の瞳をまん丸にしてシルフィアを見つめた。

「ティルディアスが乗っていた……!? 待って、ティルディアスの弟であるアルティアス一世陛下が国を治めていたのは、三百年以上前のことだ。では、大地の精霊竜は……」

「はい、もう何百年も生きている古竜です。精霊竜の中ではきっと一番の長寿竜でしょうね。ティルディアスが遺したこの村を、ずっと見守ってくれています」

「……なんて壮大な話だ」

「グレヴァはあそこに見える崖の洞窟にいます。イヤファもそこにいますから、迎えにいきましょう」

シルフィアが言うと、彼はイヤファの名を口の中で反芻した。きっと、まだ竜騎士になったという実感が湧いていないのだろう。

「私が大地の精霊竜に会ってもいいのだろうか」

「もちろんですよ、リューンさまは竜騎士なんですから。そして、イヤファを——風の精霊竜を救ってくださった竜族の恩人ですもの！」

グレヴァの棲まう崖までやってくると、天井の高い通路を進み、広い広い洞窟にたどりついた。眼下には、深く広い空間が広がっている。

どこからも光は射していないはずなのに、洞窟は緑石の光でぼうっと明るく照らされていて、辺りを不思議な空気で包んでいた。

その緑色の光が古竜の鱗の輝きだと気づいた瞬間、リューンは息を呑み、シルフィアが差し出した手をぎゅっと強く摑み返していた。

「グレヴァ、起きてますか？」

手をつないだまま、シルフィアがいつもどおり古竜に声をかけると、洞窟の底で眠っていた竜がゆっくりと頭をもたげた。

『何用だ、人の子よ。おお、その男、毒が抜けたようだな』

「はい、グレヴァのおかげですっかり。リューンさま、この大きな竜が大地の精霊竜グレヴァです」

紹介されると、リューンは硬直したまま巨大竜をみつめ、あわてて騎士の礼をとった。

「お初にお目にかかります、古竜グレヴァ。私はレスヴィアーザ王国にてヴァリレエ公爵の地位を戴く者にございます」

『よく知っている。先代の風竜シャーリアがそなたの父に世話になった』

「父を、ご存じなのですか——！」

『シャーリアは我が盟友だった。シャーリアもまた、人間のよき友を得て幸せだったろう』

「……そう、言っていただけましたこと、亡き父も喜んでおりましょう」

リューンのたくましい身体が震えた。彼がどれほど竜に憧れを持ち、竜騎士だった父親を誇りにしてきたのか、付き合いはまだ短いものの、シルフィアもよく知っている。

『近頃の人間界は、竜にとって受難の世界だ。次代の風竜はまだ幼き娘。よしなに頼むぞ』

「過去の盟約に背き、我ら人間が竜族に対し刃を向けたこと、恐懼《きょうく》の極みにございます。古竜グレヴァ」

『そなたの責任ではないゆえ、謝罪は不要。我をこうして護り続けてくれているのもまた、人間だ。そして、この村の次代を継ぐ者も、そなたが授けてくれるのだろう？』

「あっ、そ、それは……っ」

グレヴァのからかうような言葉に固まり、シルフィアを横目で見てあわてるリューンを首を傾げて眺めたときだった。

「リューン！」

幼い舌ったらずな少女の声が洞窟の中に響き渡った。

続いて軽快な足音が後ろから近づいてきたので、シルフィアとリューンが同時に振り返った瞬間。小さな身体が彼に向かって飛びついた。

「わっ！」

リューンはあわてて飛びついてきたものを手で支え、これ以上ないくらい大きく目を見開く。

「よかった、無事だったんだね！」

彼の腕に収まり返ってリューンの頭を撫でているのは、十歳になるやならずの人間の少女だったのだ。

「え、き、君は……」

「あたしだよ、イヤファだよ！」

腰まである長くつやつやな水色の髪と、同じ色の強い瞳を持つ少女は、驚くリューンの首にかじりつき、ぎゅうっと抱きしめた。

「い、イヤファァ……!?」

「そう、グレヴァが魔法で人間の姿にしてくれたの！」

見れば、彼女の手首にも透明な宝石のついた腕輪が嵌められており、ツァイルと同じく人間の姿をまとう魔力が施されているようだった。

「人間の格好なんて窮屈かと思ったけど、リューンに抱きつけるから気に入った！」

そう言って少女はぐりぐりぐりとリューンに頬ずりする。

「グレヴァ、これは……」

シルフィアが困惑の目を向けると、グレヴァは大きなあくびをした。

『現在の王国において、竜の姿でいることは危険が伴う。いずれ、竜が竜として存在を許される日までは、竜を守る隠れ蓑になるだろう。それから、シルフィア』

グレヴァはシルフィアにしか聞こえない声で言う。

『その男、今どき珍しく高潔な人間だが、そこには罠もある。彼から漂う闇の気配には気をつけるのだ』

「え――？」

聞き返したときにはもう、グレヴァは巣穴で丸まって眠っていた。一日の大半は眠って過ごしているおじいちゃん竜である。

そしてリューンを見れば、気の強そうな、でもかわいらしい幼い竜娘に盛大なハグやキスを雨あられと降らされて、驚きに完全に固まっていた。

おもしろくなかった。

シルフィアはリューンにしがみつく娘を後ろから抱き上げると、ぽいっと脇に放り出した。華奢な手足でも、田畑を耕したり重たい薪を運んだりと基本的な筋力はある。

「なにするんだよシル」

幼い少女の抗議に、シルフィアは聞く耳を持たなかった。

そして言った。

「私もまだ、リューンさまにそんなことしてないんです。私より先に、馴れ馴れしくしないでください！」

——古竜の巣穴を出ると、シルフィアは育ての親たちにあらためてリューンを紹介した。

昨晩は村に帰りつくなり、気絶したリューンの手当てをしていたので、彼について詳しいことは何も話していない。ただ、レスヴィアーザの竜騎士だとだけ告げた。

ちなみに、寒がるリューンを肌であたためてやれと指示したのは、坊主頭オジジである。

「この御仁がシルフィアの？　なんと立派な青年ではないか！」

「しかもアルティアスの子孫じゃと。これはもう、シルフィアと対になるべく生まれてきたような青年じゃなあ！」

「なるほど、我らの若い頃にどことなく顔つきが似ておるわい。かわいいシルフィアや、これはとんでもなく優秀な種をみつけてきおったのう！」

三オジジたちは、一晩経って毒が抜けたリューンを引き合わされて、すっかりお祭り騒ぎである。

シルフィアが村を出立する前は、街の男などとんでもないと、ツァイルが子種探しを妨害してくれるのを期待して送り出したのだが、そんな事実はなかったことになっている。

「あの、オジジさま方……」

予想外の老人たちの喜びように困惑したシルフィアだったが、そんな彼女を背中にやってリューンが前に出た。

「お初にお目にかかります、ご老体方。リューン・アース・ヴァリレエと申します……が」

丁寧に頭を下げてから、リューンはのどかな山村の景色の中で浮かれる老人たちを厳しく見据えた。

「私のような若輩が申し上げることではないかもしれませんが、あなた方は若い娘にいったいどんな教育をなさっているのですか⁉　聞けば、彼女に両親はもうなく、シルフィアを導いてやれるのはあなたがた三人だけだとか。そんな無垢な娘に、子を得るには若い男から種をもらえなどと――無責任きわまりないと思いませんか！」

騎士団の統括らしく厳格な声で一喝すると、老人たちはいっせいに潮垂れた。

「現に彼女はスラムに連れ込まれ、多くのならず者たちに囲まれながら子種を欲しました。私が保護していなければ、今頃シルフィアがどのような憂き目に遭っていたか……想像しただけではらわたが煮えくり返ります」

「――面目ないことじゃ」

「反省しております……」

「シルフィアを助けてくださり、感謝に堪えません」

　他人に説教されることなど、もう何十年も経験していなかった老人たちはすっかりしょげ返っていたが、さすがにかわいそうになってシルフィアは助け舟を出した。

「リューンさま、オジジさまたちも悪気があったわけではないのです。それに、男性から種をもらえと助言してくれたのはグレヴァなので……」

「いや、シルフィア。そういう問題ではない。ご老人方には、保護者として君を教育する義務があった。若い娘が、自分の身体や心にとって大事な、必要最低限の知識さえ与えられずにいるのは、とても危険なことだ。竜にその責任を押しつけるなんてありえないことだ。何も知らないまま、君があの男たちに……」

　何を想像したのか、リューンは青ざめてこめかみに指を置いた。

　だが、オジジたちはうんうんと頷きながら、リューンの肩を気安く叩いた。

「じゃが、そんな若い娘の窮地に、現れるべくして現れた英雄がここにおる！　これもまた運命というものじゃ！」

「そうじゃぞ？　シルフィアが何も知らずにビアレンへ行ったがゆえに、危機を救ってくれた若い騎士と恋に落ちたわけじゃ。なんとも痛快な展開ではないか！」

「我らのシルフィアには、強力な竜の加護があるのじゃ。その辺のゴロツキにどうこうできる娘ではないわい。現にこうして、立派な竜騎士を連れてきおった！」

お気楽能天気オジジ衆は、終わりよければすべて良し論でガハハと高らかに笑う。

「それはあくまで結果論で、そういう問題では……」

抗議するリューンの声はかき消され、オジジたちの高笑いが遠い青空に吸い込まれていく。

「で、リューンどのは当然、シルフィアを妻に望んでくださるのじゃろう？」

「なにしろ、未婚の若い娘と一夜を共にしたのだからのう」

「精霊竜に乗る竜騎士として、高潔なところを見せてほしいものじゃ！」

逆に畳みかけられて、リューンは言葉を詰まらせた。見事に話をすり替えられて、とっさに応じることができなかったらしい。

「リューンさま……」

シルフィアは苦笑してリューンの手を握ったが、彼は理解不能とばかりに頭を振って、深いため息をついた。

*

ツァイルは、ティルディアスからもうすこし北に寄った山の中腹にいるという。竜の探知能力があれば、近辺にいる同胞を探るくらいのことはわけないのだ。

「でも、山の中にいるなら、騎士団は入ってこられないかもしれないですね。もともと、街にいるツァイルを討つために出兵したのでしょう？」

兵を向けた途端に火竜が街を去ってしまったため、急に後を追って街を出たようにシルフィアには見えたのだ。

だが、リューンは首を横に振る。

「いや、あれは確実に竜を討つために出てきたと思う。いくらなんでも、何の準備もなく夜に街の外で兵を動かすことはないはずだ。最初から、竜を外へ追い出してから討伐する予定だったのかもしれない」

眼下に広がる山々を眺め、リューンは黒髪を風に遊ばせながら言った。

今、ふたりは竜の姿に戻ったイヤファァの背中にいて、ツァイルの居場所を探しているところだ。

ひたすら謎論法でリューンを困らせていたオジジたちだったが、彼のために、風竜の背中につける立派な鞍を用意してくれた。これにはリューンもうっかり感激してしまい、それ以上、オジジたちを強く詰れなくなってしまったのである。

だが、竜の背に乗ったという感動を噛みしめる間もなく、怒れる火竜の顎から矢を抜くための騎乗だ。しかも、背後には竜を討伐するための騎士団も迫っている。

「騎士団には険しい場所でも行軍し、戦える部隊が存在する。彼らがツァイルの居所を知っていたら厄介だ。唯一の救いといえば、騎士団がいくら早くても、山の中に馬を連れては入れないということか」

騎士団がどこかで夜営したにしても、リューンとシルフィアが村を出たのは昼前だ。急ぐ必要がある。

「でもリューンさま、傷の具合はどうですか？　毒が抜けたとはいっても、昨日の今日ですし、怪我が治ったわけではないのですから」

背後から彼の傷のあたりに触れると、リューンは大きな手でそれを包み込んでくれる。

「大丈夫だ。傷口はそれほど大きくはないし、きつく固めてある。それに、こう見えても痛みには耐性がある。ツァイル相手に剣で大立ち回りをすることにはならないだろうから、心配いらない」

イヤファの幼体でさえ、剣では立ち向かえそうになかったのに、ツァイルはそれよりもさらに大きいのだ。

しかも今は理性を失い、激昂している。どんな剣士だろうと、剣を構えて近づくのは困難だろう。

「それに、ツァイルを傷つけたくない」

前を向いたままきっぱりと言うリューンに、シルフィアは目を細めてその背中に抱きついた。

「リューンさま、ありがとうございます……。あの子は幼い頃に人間に傷つけられて以来、ひどい人間不信なんです。今でさえ私以外、オジジさまにだって心を開こうとはしません。でも、リューンさまはツァイルを心配してくれます。ツァイルだって本当は、リューンさまを悪く思ったりはしていません。すべての人間とは無理でも、誰かひとりでもそうやって、信頼をつないでいければ……」

広い背中に額を預けると、彼の身体に回した手をやさしくつかまれる。

「私は竜と人間の和睦を望む者だ。そして、レスヴィアーザは竜と盟友の誓いをした王国。ツァイルを傷つけたり、王国の敵になど絶対にさせない」

「リューンさま……」

そのとき、風もないのにイヤファの体が大きく傾いだ。

『ねえ、ツァイルの声が聞こえたよ。どうする？　まっすぐ向かっていいの？』

イヤファの声にはすこしいらいらした響きが含まれた。背中の上でいちゃいちゃしている彼らが気に入らなかったのだろう。

だが、シルフィアはさっきの仕返しとは言わず、リューンの肩越しに視界に広がる世界をみつめた。深い森は青々としていて、平和なままだ。

「ツァイルは、イヤファにも攻撃してくるだろうか」

「……たぶん、攻撃してくると思います。昨晩は、私を見てもまったく反応しませんでした。でもそうしたら、イヤファにも危険が……」

リューンの騎竜である、幼い竜を危険にさらすことになるのだ。シルフィアは迷ったが、当のイヤファは気にした様子もなく言った。

『あたしたちは大丈夫だよ、ねー、リューン。なんて言ったってリューンはあたしが見込んだ人間だし、番《つがい》として初めての共同作業だもんね！』

幼い少女の声でイヤファは笑うが、とても容認できそうにない台詞である。

「番⁉　なに言ってるんですかこの子！　人間は竜の番にはなれません！」

『なによー、シルだってリューンの番ではないでしょ』

「わっ、私は……！」

「今はそんなことを言っている場合ではないだろう。ツァイルがいたぞ」

リューンの鋭い声に、ふたりの娘は押し黙った。

眼下の森の中に、陽光に照らされた赤い鱗の竜がいるのが見える。突き抜ける青空に向かって咆哮をあげ、大きな翼をはためかせていた。

「ツァイル！」

長年、ともに暮らしてきた大好きな火竜に呼びかける。

普段であれば、竜の姿をしたツァイルの言葉は頭の中で言語として伝わってくるが、今の彼から応えはない。竜の咆哮で怒りを示すばかりだ。

「イヤファ、近づけるか？」

『任せてよ！』

風竜は請け合い、一直線にツァイルめがけて急降下する。振り落とされないよう、リューンの身体にしっかり抱きつかなければならないほどだ。

「イヤファ！　背中に人が乗ってることを忘れちゃだめです！」

これまで背中に人を乗せた経験などなかった若い竜だ。多少の荒々しさは仕方がないにしても、乱暴な直角の急降下に生きた心地がしなかった。

リューンも強く手綱を握り、恐らく歯を食いしばっていることだろう。

イヤファは火竜に近づくと、唐突に進行方向を変えてツァイルの頭上を旋回する。人間たちが背中で目を回していることなどお構いなしで、空を自在に飛ぶことを楽しんでいるようだった。

「イヤファ！　乱暴だ」

『ごめん、リューン。でも、空って広くて楽しいんだもん！』

シルフィアがたしなめても聞く耳持たなかったイヤファだが、リューンの言葉には素直に謝罪した。竜騎士と騎竜の関係としてはとても理想的なものだが、シルフィアにはやはりおもしろくない。

(なんで雌竜なんか選ぶんですか～)

とんでもない言いがかりとわかっているので口にはしなかったが、リューンの背中に向かってシルフィアはむくれた。

当のリューンはいくらか青ざめた顔で手綱を握りなおすと、とっさにそれを引く。すぐ目の前を、無差別な炎の柱が走り抜けたのだ。

「ツァイル……」

風竜の下方にいるツァイルを見るも、その黒い瞳に理性は窺えず、さらなる咆え声をあげてイヤファに向かって炎を吐いた。

風竜はあざやかにそれをかわすが、とても近づけそうにない。

ツァイルは仲間の精霊竜にもシルフィアにも反応せず、近づくものはすべて敵と認識し、攻撃を仕掛けてくる。

たった一本の矢が、彼を変えてしまったのだ。

「シルフィア、必ずツァイルの矢は抜いてみせるから」

背中にくっついているシルフィアが、悄然としていることに気づいたのだろう。火竜に近づくことすら難しいはずなのに、リューンがそう保証してくれると素直にうなずける。

ツァイルは風竜に向かって炎を吐いたあと、今度は下の山に火炎を放った。

「あれでは山火事になってしまう」

だが、よく見るとツァイルの足下にはたくさんの騎士がいて、立て続けに矢を射かけていた。ツァイルは彼らに向かって攻撃しているのだ。

「イヤファ！　風で炎を防げないか!?」

『リューンの頼みならやるよ！』

すばやく滑空してツァイルの下に回り込むと、イヤファは上空にいるツァイルから吐き出された炎に風を送った。むろん、そよと吹く風ではない。人間なら一吹きでふっとばされてしまう大風だ。

風に煽られた炎は山火事を回避して上空に巻き返され、炎を吐いた張本人のもとに戻された。火竜が自らの炎で焼けることはなく、ツァイルは無傷ですんだが、強い風に多少は怯んだようだ。

しかし、山にいる騎士たちは、急降下してきた風竜を新たな脅威と認めた。声をあげ、次々と矢を放ってくる。

「やめろ！　レスヴィアーザの騎士が竜に攻撃を仕掛けるとは何事か！」

風竜の背中からリューンが騎士たちに叱咤するが、ツァイルの咆哮とイヤファの巻き起こす強風のせいで、その声は地上の彼らには届かなかった。

『あたし、あいつら嫌い。リューン、吹き飛ばしていい？』

足元にたくさんの矢を射かけられ、イヤファは不満そうだ。硬い鱗が矢を撥ね返してくれるとはいえ、ちくちくと刺されたら鬱陶《うっとう》しいだろう。

「……手加減してくれ。殺さないように」

『もちろんだよ！　一応、リューンの同胞だもんね』

もう一度、爆風をツァイルに送って動きを鈍らせると、イヤファはくるりと反対を向き、山肌にいる人間たちに向かい猛烈な一吹きを浴びせかけた。

山肌に当たった風の塊はそのまま四方に散って、周辺にいた騎士たちを方々に飛ばしてしまう。彼らの持っていた弓矢も風に煽られて手から離れ、あっというまに飛び道具での攻撃はできなくなった。

「うまいぞ、イヤファ！」

『えへへ。でもどうする？　このまま風で火を散らしても、近づいたら危なくない？　顎の矢を抜くんだろう？　下から回り込んだら、リューンが炎にさらされる』

「ひとまずこのままツァイルの頭上に回って、こちらに注意を引きつけてくれ。彼らからツァイルを遠ざけたい。危険だが、やってくれるか？」

『任せて！』

これ以上、人間と竜を争わせたくないリューンの案をイヤファは快諾し、風に乗せてぐんぐん上昇した。

「リューンさま、本当に竜に乗るのはこれが初めてなんですか？」

思わず問いかけてしまうほどリューンの指示はよどみなく、的確だ。

「すごく、緊張してるよ」

その言葉は嘘や謙遜ではなく、手綱を握る彼の手は必要以上に固く握りしめられているし、振り返って笑う顔もすこし強張っている。

初めて空を飛んだ。しかも、イヤファはかなりの暴れ竜である。恐ろしくないはずがないのだ。それでも肚《はら》を決めて、なるべく冷静に状況を見極めようとしている。

市中警備団の統括として、何千、何万もの騎士を指揮してきた経験は伊達ではなかった。

イヤファァは、今度は急上昇してツァイルの頭上を陣取る。これで炎を吐かれても山火事になったり、騎士を傷つけたりせずにすむ。

ツァイルが翼を大きくはばたかせて一声咆えると、加減なしの炎を吐いた。

『当たらないよ』

風に乗ったイヤファァは、その属性ゆえかひどく身軽で、火竜の炎をいともたやすく往なした。だが、よけることはできても、近づくことは叶わないでいる。

『風で顎の矢を吹き飛ばそうか？』

「それは考えたが、顎に対して矢が垂直に刺さっているだろう。横風で吹き飛ばしても抜ける保証はないし、かえって傷口が広がってしまうかもしれない。理想は、真下に引き抜くことだが……」

ふたりのやりとりを聞いていたシルフィアは、リューンの肩をたたいた。

「リューンさま、私がツァイルの気を引きます。だから、その隙に矢を抜いてください」

「気を引くといっても――」

風竜の背中に立ち上がり、シルフィアはリューンの頬にキスをした。

「ツァイルのことを考えてくださってありがとうございます。私、リューンさまと出会えて本当に良かった……！」

「シルフィア？」

「ツァイルのこと、よろしくお願いします！」

言うが早いか、シルフィアはリューンから離れると、風の巻き起こる空へとその小柄な身体を投げ出していた。

「シルフィア!!」

リューンの叫びがはるか上空に遠ざかり、シルフィアの身体は宙を躍って頭からぐんぐん落下していく。

激しい気流に巻き込まれて息が苦しくなる。それでも、狭くなる視界に鮮やかな赤が飛び込んでくると、シルフィアはめいっぱい腕を伸ばして翼に手をかけていた。

硬い鱗は陽光を受けて、燃え盛る炎のように輝いている。

「ツァイル……！」

力強くはばたく竜の翼の表面に落下したシルフィアは、跳ね返って背中の上に転がり落ちた。

ゴツゴツしていて、棘のような鋭い突起がいくつもあるが、幼い頃からよく知り尽くした火竜の背中だ。うまくよけて突起に手をかけると、振り落とされないようにつかまって、硬い鱗に覆われた背中をたたいた。

強い風がシルフィアの白金色の髪をさらって、空に巻き上げる。

「ツァイル、痛かったですね。今、矢を抜いてあげますから」

だが、正気を失った火竜は親友のシルフィアをまったく認識していなかった。背中に乗っている小癪《こしゃく》な人間をどうにか振り落とそうと、急上昇したり一回転したり、めちゃくちゃな飛翔を続けるのだ。

「つかまるところならたくさんあるから、落ちないですよ！　ツァイルの乱暴な飛び方には慣れてます！」

細かい棘がたくさんついた突起をつかんだ手に、血が滲む。上空の冷たい風にさらされて、どんどん身体が冷えていく。

だが、振り落とされるわけにはいかない。必死にツァイルにしがみついて、その背中を撫で続けた。

「ツァイル、落ち着いて。そんなに暴れたら、傷がひどくなっちゃいますから！」

反応がないとわかっていても、そう呼びかける。彼は、お互い小さな頃から一緒に育った大事な幼馴染だ。そして、唯一の友だちなのだから。

このまま助けてやれなければ、いずれツァイルは衰弱してしまう。

「ツァイル……！」

火竜は、それでもなお背中の異物を排除しようと、急激な旋回をやめなかった。

「きゃ……」

振り回されて髪が乱れ、飛び込んできた直射日光が彼女の目を焼いた。だが、その凶暴な光を防ぐように、空から影が近づいてくる。

「シルフィア!! 怪我はないか!?」

リューンの乗った風竜がすぐ傍まできて、ツァイルの上すれすれを並走しはじめる。それを確かめると、シルフィアは暴れる竜の背で笑った。

「大丈夫です！ リューンさま、お願いします！」

「――わかった」

リューンは、危険だからやめろなどとは言わなかった。質問も一切なしだ。ただ、シルフィアの一挙手一投足をしっかりと目に焼きつけている。

そのとき、ツァイルが頭上を飛空する風竜に顔を向けた。

待ってましたとばかりにシルフィアは背中を移動し、すこし上に反らされた火竜の首によじ登ると、邪魔するように角にしがみつく。そして、注意を引くために声をあげた。

「ツァイル、私はここですよ！」

イヤファに向かって炎を吐こうとしていたツァイルは、頭にへばりついた人間を追い払うべく、鬱陶しそうに首を振る。

その隙をついて、イヤファが素早くツァイルの下にもぐりこんだ。

だが、ツァイルがそれを見逃すことはなかった。彼は大きく頭を振ると、真下にいる風竜に向けて、火炎の準備動作に入る。

「ツァイル、だめです！　彼らは敵じゃありません……！」

凹凸の多い火竜の頭から顔面に滑り落ちると、シルフィアは急いで彼の黒い目をふさいだ。ツァイルの怒った咆哮が一帯に響き渡り、視界が激しく回転する。

シルフィアは振り落とされまいと必死にしがみつきながら、薄目を開け、真下にいるリューンの姿を認め、微笑んだ。

火竜は今、上を向いている！

「イヤファ！」

上下の感覚を失った世界で、リューンの声だけが力強くシルフィアの耳にこだました。

続いて、それに重なるツァイルの号哭。

「矢を、抜いたぞ！」

遠くに聞こえる頼もしい声にほっとしたのもつかの間、急速に風竜が離脱すると、火竜の首が大きく空中でのたうった。

「あ……」

冷たくなったシルフィアの手に、もう力は入らない。大きく払われた拍子に手が滑り、そのまま空に落ちていく。

耳もとには空気を切り裂く音が流れていき、広大な山脈に向けて真っ逆さまだ。

幼い頃から竜の背に乗って空中散歩を楽しんできたから、高い空は怖くない。もし落ちても必ずツァイルが助けにきてくれる。

だが、彼はまだ高いところにいて痛みに叫喚していて、シルフィアの危機に駆けつける状況ではなかった。

ふっと、意識が遠のく——

そのとき、力が抜けた彼女の冷たい手首を、あたたかな手が覆った。

目を開けると、落ちていくシルフィアの身体をぎゅうと抱きしめてくれる力強い腕の持ち主の顔が見えた。

「シルフィア……！」

黒髪の竜騎士がその腕にシルフィアを抱きながら、一緒に落下していくのだ。

薄れゆく意識の中で、彼女もそっとリューンの身体に腕を回し、そのぬくもりにすり寄ってみる。

「リューンさま――」

そのままぷっつりと前後不覚に陥るかと思いきや、ふたりの身体は何かにぶつかって、勢いよく跳ね返されていた。

「きゃ――!?」

閉ざされかけていた意識を無理やり呼び戻すような衝撃に、シルフィアは驚いて目を覚ます。よく見ると、さっき彼女がツァイルの背中に飛び降りたときと同じく、今はイヤファの翼に受け止められ、落下の衝撃を和らげてから背中の上に飛び乗った状態だった。

「シルフィア、怪我は!?」

イヤファの背ですばやく体勢を立て直したリューンが、目を回しているシルフィアの肩をつかんで、彼女を食い入るように見つめてきた。

美しい森のような、深い緑色がとても印象的だ。

「だ、大丈夫です……」

かろうじて声を絞り出して無事を告げるも、彼のほうはまったく平静ではいられないようだった。

「まったく、シルフィア。君という人はなんてめちゃくちゃで、無謀なことをする人なんだ！　君の傍にいると、私の心臓はいくつあっても足りそうにない！」

リューンをぼうっと見上げているシルフィアに、彼の嘆きがどれだけ響いたことか。

しかし……。

「リューンさま！」

唐突に覚醒するなり、彼女はリューンに飛びつくように抱きついていた。

尻餅をついた彼の首の後ろに腕を回して、細腕で可能な限り力いっぱい抱きしめる。

突然飛びつかれて驚くリューンを真正面からみつめると、シルフィアはうっすらと髭の生えた彼の頬にすり寄った。

「私、リューンさまの子種が欲しいです！　わけて、くださいませんか……？」

狐につままれた表情のリューンだったが、すこし身体を離したシルフィアが期待に満ちた菫色の瞳でみつめると、苦笑した。

「……子種だけ？」

「いいえ！　リューンさまが全部欲しいです。リューンさま、大好き――！」

ふたたび竜騎士の身体に抱きついたシルフィアは、ねだるようにリューンを見上げた。

すると、彼は期待に背かず、冷えてすこし白くなった彼女の唇にキスをしてくれる。

やっぱりリューンとくちづけをするのは、とても気持ちいい。

朝よりももっと濃密に、冷たくなったシルフィアの唇に熱を呼び戻すよう、リューンはたっぷり熱のこもったキスをくれた。

『ねえ！　だからさ、人の背中でいちゃいちゃすんのやめて！　リューン、あとであたしにもキスしてね！』

イヤファが不平たらたらに声をあげると、リューンを遮ってシルフィアは小さな拳を握りしめて叫んだ。

「なに言ってるんですこの子！　イヤファにはキスなんて十年早いですっ！」

『リューンはあたしの一生の相手なんだから！　シルにはツァイルがいるでしょー』

ふたりの娘の思わぬ恋争いに面食らっていたリューンだったが、はるか高い空を見上げて肩をすくめた。

「ツァイルのこと、忘れてないかな。お嬢さん方——」

雲一つない青空に赤い竜が旋回し、大きく鳴く声が聞こえてきた。

彼の咆哮は、いつもどおりの皮肉屋の火竜のものだ。シルフィアにはすぐにわかった。

＊

無事に火竜の逆鱗に刺さった矢を抜くことができ、正気を失ったツァイルを元に戻すことには成功した。

だが、実際に起きている問題はあまり片付いていない。

下の山にはまだレスヴィアーザの騎士たちがたくさんいるし、街の人々に「竜は敵である」という意識を植えつけてしまったままだ。

そして、リューンもアヴェンの捕らえてきた竜を横取りした形になっている。今ごろ王宮は、どのような騒ぎになっていることだろう。

『もうさ、あんなところに帰らなくったって、ティルディアスで一緒に暮らそうよリューン。あそこ、とっても居心地よかったし、グレヴァもいるし』

一晩の滞在で古竜グレヴァにすっかり懐いたイヤファは、リューンにそう誘いかける。

まだ子供のイヤファが、姿を見かけることすら稀な、同胞の好々爺《こうこうや》の傍にいたいと思うのは当然といえば当然なのかもしれない。

だが、リューンは首を横に振った。

「そうもいかないさ、イヤファ。私は竜が敵だとレスヴィアーザの人々に思われたくないし、昔のように竜と人が信頼しあえる世界を取り戻したいと思っている。すまないが、それまで私に付き合ってほしい。頼む」

リューンが風竜の背中を撫でると、イヤファは大きくため息をついた。

『ああもう、リューンって。そんなふうに言われたら、イヤだなんて言えないじゃん。いいよ、あたしはずっとリューンと一緒だよ』

風竜とその竜騎士の心あたたまる会話にほのぼのするも、シルフィアの心中は穏やかではない。

「うぅ……ふたりでいちゃいちゃしないでください」

むくれてリューンの背中に額を当てると、彼が肩越しに振り返ったが、急に辺りに風が巻き起こったのでふたりで空を見上げた。

火竜がイヤファの傍まで滑空してきたのだ。

「ツァイル！　大丈夫ですか!?」

鞍に座ったリューンの肩に手を置いて立ち上がると、シルフィアは手を高く掲げて彼女の友人を迎えた。

『――っくしょう、いてえよ』

矢を射られた傷が痛むようだが、その声はいつものツァイルだ。

「逆鱗に矢を打ち込まれたんです、痛かったでしょう。あとで手当てしてあげますから、それまで辛抱しててくださいね」

イヤファの真上を飛ぶツァイルは、首を下に伸ばしてシルフィアの小さな手に顎をちょこんと触れた。

「でも、矢を抜いてくれたのはリューンさまとイヤファですからね」

シルフィアが言うと、火竜は首をまっすぐ立てて、彼らの姿を視界から外した。

そして――

『……世話んなったな』

彼らしくもない火竜のつぶやきは強い風に流されるが、リューンの耳にはちゃんと届いたようだ。

「あの腕輪をスリに盗まれたのだろう？　人間のせいでこんなことになって、申し訳なく思っている。それに竜を攻撃するなんて、以前のレスヴィアーザでは考えられないことだった。あとで、何があったのか聞かせて……」

『いいよいいよ、ツァイルが暴れてくれたおかげで、あたしはあの檻から出してもらえたんだし、リューンっていう番にも出会えたんだから！』

リューンを遮って意気揚々と答えるイヤファの台詞に、顔色を変えたのは言うまでもなくシルフィアだ。

「だから！　竜と人は番になりませんって言ってるんです！　第一、リューンさまは私のです！」

リューンの背中に抱きついて、シルフィアは彼のうなじに鼻先を寄せると、所有権を主張するようにちゅっとそこにくちづけた。

「シ、シルフィア、くすぐったい……っ」

「リューンさまの匂いがする。とってもいい匂い」

「…………！」

後ろ姿にもかかわらず、リューンが頬を赤くしているのがわかる。

シルフィアはオジジや古竜といった、老いたものに囲まれて育ってきたので、感情表現が素直なのだった。

『ところで、これからどうするシル。下にいる人間どもがこちらを見ているぞ』

彼らはだいぶ上空にいたが、竜同士の激突は山にいる騎士たちからも見えていただろう。だがシルフィアにも、騎士たちがこの状況をどう見ているか想像がつかない。イヤファにまで攻撃を仕掛けてくるだろうか。

「ここは私がなんとかしよう。レスヴィアーザの民は、基本的に竜騎士に対しては敬意を払うはず。彼らはまだ、私がアヴェン殿下の竜を盗んだことを知らないだろうから、この場に限っては効果があるかもしれない」

『あたしは盗まれたわけじゃないよ！』

リューンの物言いはイヤファにとっては不服なようだが、事実、彼はアヴェン王子からほとんど強奪ともいえる手口で、竜舎の風竜を連れ出したのだ。

シルフィアも「盗んだ」のが事実とは違うことを知っているが、王国側の人間からすれば――とくにアヴェン王子から見たら、そうとしか思えないだろう。

「だが事実、イヤファを捕らえてきたのはアヴェン殿下だ。竜騎士は本来、自ら竜を見つけだしてその背に乗らなければならないんだ」

『ええ？　でもあたし……』

そのとき、ひゅんっと風を切る音がして、一本の矢が飛んできた。

掠りもせずに矢は落下していったが、見れば、山にいる騎士たちがこちらに向けて弓を構えている姿があった。

「竜を攻撃するなんて。本当に考えられないことだ……」

風竜は順調に滑空して、騎士たちの顔が見える程度まで降下していた。

ツァイルをその場に待機させると、リューンは騎士たちの上空で風竜を旋回させる。

彼らは弓矢を構えてこちらをうかがっているが、狙っていたはずの赤い鱗の竜ではなく、透明に近い水色の鱗を持つ竜が現れたことに困惑し、その背中に人が乗っていると知り、ざわついた。

リューンが力強く手を振ると、上空にまでどよめきが届いたほどだ。

地上に声が届く位置までイヤファを降下させると、彼は張りのある堂々たる声をあげる。

「私はリューン・アース・ヴァリレエだ。レスヴィアーザの騎士たちよ、竜騎士たる私が命じる。竜に剣を向けてはならない。矢を放ち、その神聖な体を傷つけようとしてはならない。竜は敵ではなく、我らの同胞ではなかったか。竜の王国に生まれた者としての矜持《きょうじ》はどこへいった！　武器を収めよ！」

竜の力強い翼が風を起こし、リューンの芯のある声を地上に運ぶ。そして、彼のなびく黒髪が陽光を受けてきらめくと、その姿は騎士たちを平伏させるに足る神々しさを帯びた。

「街に現れた竜も、このとおり鎮めた！　だが、竜《かれ》が街を襲ったのではなく、人間が竜に弓引いたが故の惨事だ。これ以上あの赤い竜と敵対し、攻撃することは、竜騎士の名において、この私が許さない。しかと心得よ！」

有無を言わさずリューンが言い放つと、イヤファも賛同するように咆哮した。

その効果があったのか、地上にいる騎士たちが一ヶ所に集まり、リューンを見上げて声を様々にあげた。

「ヴァリレエ公が竜に！」

「竜騎士リューンの誕生だぞ！」

風に乗って聞こえてきたのは、竜の背にいるリューンの姿に胸を打たれ、感嘆し、讃える声だ。

リューンの父が竜を失って以来、レスヴィアーザには二十年以上、竜騎士が存在しなかった。ゆえに、「竜の国に生まれた」というレスヴィアーザの人々の誇りも、その歳月とともに薄れてしまったのだ。

だが、こうして現実に竜騎士を目の前にして、興奮しない者はここにはいないだろう。

レスヴィアーザの人々は幼い頃から、竜とその背に乗る騎士を英雄だと教わって育つのだから。

リューンはイヤファを上空に舞わせると、そのまま王都に向けて飛んだ。

――大空を竜で翔ける。

騎士たちは大歓声でそれを見送り、リューンの後ろにいたシルフィアも誇らしくて胸がいっぱいで、ずっとその背中にくっついていた。

王都レヴィーの上空へたどりつく頃には、腕輪の力を借りてツァイルも人の姿をまとって、イヤファの背中に乗り込んでいる。

昨日の今日でふたたび赤い鱗の竜が現れたとなると、街が騒然とし、また彼に攻撃を仕掛けてくる者が現れるであろうことを、リューンが危惧したためだ。

竜と人との和睦を望んではいるが、それは今ではない。

小柄な風竜は成人した人間を三人も乗せて、その重量に閉口したものの、無事に王都へと帰り着くことができた。

ところが、さっきまで抜けるような青空が広がっていたはずなのに、王都の空には厚く黒い雲が垂れ込めていて、ぽつぽつと雨が降りはじめる。

「昨晩の火はほぼ鎮火したようだな。これが恵みの雨になるだろう」

街の中心部に多少の煙が燻っているが、それでも消火はほとんど終了しているようだ。

まとまった雨になれば、延焼の心配もないだろう。

上空から見る限り、燃えた場所はごく狭い範囲で、街が丸ごと灰と化したわけではない。それを見て、イヤファァの背中にいた全員が安堵したことは言うまでもなかった。

雨の空を駆ける竜の姿に気づいた人々が、こちらを見上げて歓声をあげる。

アヴェン王子が淡い水色の竜を捕らえてきたことは街の誰もが知っており、昨晩の赤い竜とは別の竜だとわかっているからだろう。

やがてイヤファァは、篠つく雨の中をヴァリレエ公爵家の庭先に降り立った。ヴァリレエ家は代々竜騎士を輩出していたので、自邸にも竜舎が用意されているのだ。

しかし、ヴァリレエ家には客の姿があり、雨の中でリューンの帰還を待ち受けていた。

風竜の背中から降りたリューンの前に、物々しく武装した近衛騎士たちと、アヴェン王子が立ちはだかった。

「アヴェン殿下――」

邸の従僕たちも心配そうに、遠巻きに様子を眺めている。

「リューン・アース・ヴァリレエ、レスヴィアーザにおいて、竜の強奪は重罪である」

アヴェン王子の緑色の瞳はリューンのものとそっくりな色だったが、リューンのあたたかな視線とはまるで異なり、鋭い刃のような冷たい目だ。

「この者を反逆罪で捕らえよ。従兄弟の誼《よしみ》だ、言い訳は聞いてやる。ただし、檻の中で

な」

対するリューンは、それに異を唱えることはなかった。割って入ったのはシルフィアだ。

「ま、待ってください！　リューンさまは竜を強奪なんてしていません！　竜は、背に乗る人間を自分で……」

シルフィアがリューンを背中に庇って抗議したが、アヴェンは冷ややかにそれを見下ろすばかりだ。

「大丈夫だよ、シルフィア。アヴェン殿下には丁重に謝罪し、わかってもらう。ここで待っていてくれると――うれしい」

彼はシルフィアを抱き寄せ、その耳もとにくちづけする。

「え、リューンさま……」

顔を上げた彼女にリューンは笑いかけ、すぐにそれを振り切ると、素直にアヴェンの前に立った。

「アヴェン殿下、出頭はいたしますが、己自身に恥じるべきところはありません。弁明はいたしません。説明させていただきます」

「ふん、盗人猛々しい。こやつを連行しろ」

こうしてリューンは縄をかけられ、馬車で王城の裏門から西の塔へと連れ込まれた。

リブロ湖の岸壁にそびえる西の塔は、竜に対し罪を犯した人物を収監するために建てられたものだが、現在は使われていない。塔のてっぺんには竜の石像が設置されており、王国の罪や悪を見張っていると言われている。

後ろ手に縄で縛られたリューンは、無言の騎士たちに塔の最上階の一室へ連れていかれた。

広くはあるが、殺風景で無機質な鉄格子の部屋だ。

貴人のために用意された部屋のようだが、この塔が使われなくなって久しい。むろん、清掃されることもなく埃まみれで、空気はどんよりと淀み、湿っぽくカビの臭いが充満していた。奥の石壁は黒ずんでいて陰惨だ。

どうがんばっても届きそうにない高い小窓から、外の明かりがわずかに射し込むが、今は厚い雲が垂れ込めている。それが牢の内部の暗澹に拍車をかけていた。

錆びた音を立てて鉄格子が開かれ、リューンは中に突き飛ばされる。すぐさま格子は閉ざされ、騎士たちは一言も発することなくそこを後にした。

威圧的に感じた騎士たちだが、リューンは国王の甥であり、レスヴィアーザの高級貴族だ。その彼を、罪人と同等に扱うことに恐れをなしているように感じられた。

だからさっさと用を片付け、この陰惨な場所から撤退したかったのだろう。

(これは国王命令ではなく、アヴェンさまの独断というわけか)

臆病とは無縁のリューンも、この状況に心楽しくなる要素をみつけることはさすがにできなかった。

逃げ隠れするつもりは毛頭ない。だが、真実がどうあれ、状況としてはリューンが王子の竜を横取りしたことになるのだ。

通用するかはあまり自信がなかったが、正当な申し開きをするしかない。あのまま竜舎にイヤファを捕らえていたとしても、風竜はアヴェンの下にはつかないのだから。

アヴェンは、竜を己の軍門に下らせるという発想しか持ち合わせていない。それでは永遠に竜が彼に心を寄せることはない。

「……と、私が言って聞いてくださるお方ではないか」

古ぼけた大きなベッドの隅に腰を下ろし、リューンは嘆息した。

アヴェンとは、子供の頃はこんな関係ではなかった。同年の従兄弟同士であり、幼い頃は兄弟のように何をするも一緒だったものだが……。

しかし、昔を懐かしんでいる場合ではない。竜騎士から竜を盗んだ者は、レスヴィアーザの法では重罪と決まっているのだ。

彼自身に恥じるものはない。だが、このまま処刑などされてしまったら、竜騎士として名高い父ファーンの名誉を損ね、何よりも彼を支えてくれている大勢の騎士、そして仕えてくれるヴァリレエ家の人々にまで累が及んでしまう。

（シルフィア……）

別れ際、リューンをみつめる彼女の菫色の瞳は雨に煙っていた。だがそれは、彼の心をすっかり虜にしてしまった、危ういほどに美しい宝石だ。

とっさの頼みごとは、世間に疎い彼女に荷が勝ちすぎただろうか。しかし、今はシルフィアを信じるしかない。

どのくらい経った頃だろうか。時間までもが止まってしまったような静寂の牢に、重々しい足音が響いた。

リューンが顔を上げると、鉄格子の前にアヴェンがひとりで立っていた。彼はそっと中に滑り込んでくると、ゆっくりこちらへ歩いてくる。

「アヴェンさま……」

「竜泥棒にふさわしい光景だな、ヴァリレエ公爵。王子の竜を盗んで空を飛んだ気分はどうだった？　さぞよい景色が見られただろう」

「無断で竜を連れ出したことには謝罪をいたします。ですが、竜と人が敵対せぬためには、どうしても必要なことでした」

ベッドから立ち上がり、傍までやってきたアヴェンの前に縛られたまま跪く。

「必要なら王太子のものを勝手に持ち出してよいというわけか」

「……失礼ながら、竜を貸してくださいと申し上げて、聞き入れてくださるとは思えませんでした。それに、殿下のなさりようでは、あの竜は永遠に殿下を己の竜騎士と認めることはなかったでしょう。竜は人間以上に頭のいい生き物です。あのように鎖で縛められ、来る日も来る日も剣を向けられては、竜が殿下に懐く道理がございません。私は何度も、竜を丁重に扱うよう進言させていただきました」

「俺のせいだとでも言うつもりか！」

激昂した瞬間、アヴェンのブーツが跪くリューンの肩を蹴り飛ばしていた。

思わぬ衝撃にリューンは後方に倒れ込み、仰向けの腹部を強く踏みつけられる。

「どいつもこいつも！　俺のすることにケチをつけるばかりで、何をするにもリューンさまリューンさまと！　貴様があの竜を横取りしたことはすでに城中の人間が知るところだ。いくら口止めしようと、噂は広まる一方よ。しかし、一部では新しい竜騎士の誕生だのなんだの。どういうことだ、貴様は竜泥棒の重罪人だぞ！」

腹を強く踏まれて呻くリューンを、険しいアヴェンの目が冷たくにらみつける。

「殿下――竜と人の関係は、信頼の上に成り立ちます。竜騎士は、竜と生死を共にする盟友なのです。決して、竜を己の下に従えさせるのではありません！　その背に乗るためには、竜から信頼を得なければ……」

無言のままアヴェンは足に力を入れ、リューンの腹に踵をめりこませた。

「うぐ……っ」

「俺に従わぬクズ竜など、おまえにくれてやるさ。だが知っているか、リューン。古来、竜騎士から竜を盗んだ者は、この塔のてっぺんからリブロ湖に身を投げ、己の罪を償うという慣習があったそうだ。竜に突き落とされるという意味合いがあるらしいな」

「……アヴェン、あなたはいったいどうしてしまったんだ。子供の頃のあなたは、ウサギ一匹仕留めることにさえ心を痛めていたやさしい方だった。そんなあなたが、なぜ竜をあんなに痛めつけようとするのか。力で押さえつけようとするのか、私にはわからない」

呟き込みながら、在りし日のアヴェンと現在のアヴェンのあまりの違いに臍を噛む。今、彼を踏みつける王太子は、幼馴染のあの少年とは魂から異なる別人のようだ。

「おまえがそれほど信頼信頼と主張するのであれば、信頼し合った竜はおまえを助けにきてくれるんだろう?」

リューンの上から足をどけると、アヴェンは腹立ちまぎれに床に転がる従兄の身体を蹴りつけた。そこは昨晩、アヴェンの矢が掠めて傷を負った場所だ。

声もなく悶え、リューンは縛られたままうずくまる。

「残念ながら、これから所用で忙しい。今夜の下らない夜会が終わったら、おまえと竜の『信頼』とやらをとくと見せてもらおう。竜が助けにくることをせいぜい祈っておくんだな。楽しみにしておいてやるよ」

もう一度、うずくまるリューンの腹部をつま先で蹴り上げると、忌々しげに従兄を睥睨してアヴェンは出て行った。

第五章　囚われの竜騎士

ヴァリレエ公爵家の当主が、竜を盗んだ罪で王太子に連行された。

公爵家の人々は突然の出来事に混乱し、大騒ぎとなった。彼らの間にもリューンとアヴェン王子の不仲ぶりは知れ渡っていたが、竜が絡んだ事件となると、これまでのような仲違いではすまないのでは――そんな動揺が広がったのだ。

風竜もリューンと一緒に引っ立てられそうになったが、イヤファはあくまでも抵抗し、一声咆えると、雨の煙る空に飛び立ってしまった。

このことでさらにアヴェンの怒りは増し、リューンを処刑せんばかりの勢いで護送用の粗末な馬車に放り込んで、ヴァリレエ家を去った。

雨に濡れたシルフィアは、リューンが連れ去られた邸の門を立ち尽くしたまま見つめ、ツァイルは後ろにひっそりと控えて微動だにしない。

故意ではないにしろ、この騒ぎの原因を作ったのはツァイルだ。

「あの、シルフィアさま、これはいったいどうなっているのでございますか」

ヴァリレエ家に滞在中、シルフィアの世話をしてくれていた侍女のラナが困惑顔で問いかけてきた。

邸の人々にとっては、リューンが竜に乗って帰ってきたこと自体、すでに仰天だったが、目の前で王太子に連れ去られたのを見て混乱の極致なのだ。

「はい、説明させていただきます」

ラナに濡れた服の着替えを促され、火の入ったあたたかな暖炉のある居間に通されると、邸で働く人々が全員、シルフィアの話を聞くために集まっていた。

リューンはこの邸の人々から慕われている。主人が捕らわれたと知って、無関心でいられる従僕はひとりもいなかったのだ。

シルフィアは昨晩からの経緯をヴァリレエ家の人々に話して聞かせた。

むろん、ツァイルが火竜であることは伏せたが、火竜を鎮めるために風竜を王城の竜舎から連れ出し、竜に選ばれてリューンが竜騎士となったことも知らせた。

「では、旦那さまは炎の竜を鎮めるために、王太子殿下の竜を……？」

白髪の執事が不安そうに眉を曇らせた。

「状況だけ見るとまるで横取りのようにも見えますが、竜は自分が心を許した相手でなければ、背中に人間を乗せたりはしません！　リューンさまが竜に乗れたのは、竜がリューンさまに心を開いて、信頼したからなんです。アヴェン殿下ではダメだったんです。だから、竜を強奪とか、そんなことでは全然なくて。どうかこのお邸のみなさんには、リューンさまを信じていただきたいのです」

シルフィアは必死に言い募るが、この場にいる人々の表情にリューンを疑うものはなかった。それどころか、安堵の空気が広がったほどだ。

「よかった。旦那さまがそんな強奪なんて、絶対に何かの間違いだと思ってましたよ」

「あのお方が人の物を盗むなんて、できっこないですからね」

「しかし、王太子殿下はそうは思わないだろう。竜騎士から竜を盗むという事件は、まずめったにないが、かといって皆無だったわけではない。最悪、死罪ということも……」

執事の言葉に、安堵しかけていた一同が瞬時に青ざめた。

リューンが死罪になる。その想像はシルフィアの心臓も激しく揺さぶった。だって、彼は何も罪を犯したりしていない。シルフィアとツァイルのために駆け回り、その身を危険にさらして風竜に乗り、ツァイルを助け出してくれたのだ。

こんなことで彼が失われるなんて、あっていいはずがない。

シルフィアは立ち上がった。

「私、リューンさまを助け出してみせます！　死罪なんて……リューンさまは何も悪いことはしていません！」

「し、しかしシルフィアさま、助けるといっても……」

彼らにしてみれば、相変わらずシルフィアはどこの誰とも知れない謎の客人であり、王太子に連れ去られた主人を助けられるほどの人物に見えない。

実際、シルフィアには宮廷内に伝手などなく、出かけていっても、王城の門で文字通り門前払いを食うだけである。

でも、彼女は引き下がらなかった。

「どなたか、リューンさまの救出に協力してくださりそうな方に、心当たりはありませんか⁉」

彼らは一様に顔を見合わせていたが、侍女のひとりが「キルフィル隊長はどうでしょう」と声をあげた。

「ビアレン衛視隊のキルフィル隊長は、旦那さまとは昵懇《じっこん》の仲でいらっしゃいますし、伯爵家の嫡男であられますから、ビアレン市中だけではなく、宮廷内のことにもお詳しいのではないでしょうか」

その名前はシルフィアにも心当たりがあった。確か昨晩、ビアレンの火消し作業にあたっていて、ツァイルの腕輪を取り返してくれた人だ。

「キルフィル隊長、はい、知ってます！　すぐに行ってきますから皆さん、どうか待っていてください、リューンさまは必ず私が！」

こうしてシルフィアとツァイルは、雨除けの外套を借りて外に飛び出した。

そこでヴァリレエ邸の陰に隠れていた幼い少女をみつけだす。もちろん、人の姿に扮したイヤファである。

王子に捕まるくらいならと逃げ出したが、本来であればリューンの敵を蹴散らして、彼ごとさらって逃げたかったのがイヤファの本音だ。

ただ、ツァイルに止められ、渋々その場から遁走するに留めたのである。

「シル、リューンは大丈夫なの!?　やっぱりあいつ食いちぎってでもリューンを助けたほうがいいよ」

見た目の可憐さとは裏腹に、舌ったらずな声で過激な発言をする少女である。

シルフィアは彼女に外套を着せかけようとしたが、不思議なことにイヤファは雨に濡れていなかった。よく見ると、彼女の身体の周囲に小さな風が起きており、空から降ってくる雨水を吹き飛ばしているのだ。

風竜の便利な能力に感心しながらも彼女に外套を着せ、シルフィアは首を横に振った。

雨に打たれても濡れていないのを人に知られたら、騒ぎになってしまう。

「アヴェン王子を傷つけたら、リューンさまの立場をかえって悪くしてしまいます。だから、誰も傷つけちゃだめなんです。それにリューンさまは、竜と人が敵対するのを止めようとしてるんですから、その気持ちを台無しにはできないでしょう？」

シルフィアに諭されると、不満そうではあったがイヤファは不承不承うなずいた。

「それよりイヤファ、あなたアヴェンさまに捕まる前はどこにいたんですか？　どうやってアヴェン王子に捕まったの？」

そう問いかけると、イヤファは首を傾げた。淡い水色の髪が風を含んで、ふわっと揺れる。

「んー、わからないの」

「わからないって、どういうことですか？」

「ずっと暗いところにいた。そのくらいしか覚えてない」

シルフィアは目を瞬かせた。

幼竜期はわりと短く、生まれて十年も経てば立派な成竜と言える。イヤファはまだ成竜とまではいかないが、生まれたてのほやほやというわけではない。

体長から考えると、誕生して少なくとも五年は経過しているはずなのだ。

「では、アヴェン王子と戦ったとか、話をしたとか、そういうわけではないんですか？」

「ないね。目を覚ましたら広い場所にいて、いきなり檻に入れられて。気づいたら人間たちが檻の外からあたしを見て騒いでた。怖くて、腹が立って、そんなときにツァイルが声をかけてくれたの」

「……ヘンですよね。いくら幼竜といっても、それまでの記憶がまったくないなんて」

竜は卵から孵る。人間と同じく、孵った直後の記憶はさすがにないだろうが、唐突に記憶がはじまるなんてありうるのだろうか。竜は人間以上に知能の高い生物だ。

ふと思い出し、シルフィアはツァイルを見上げた。

彼は唇を真一文字に引き結んでいて、シルフィアと目を合わせようとしない。

「ツァイルももしかして……以前の記憶が、なかったりしますか……?」

ビアレンを火の海にした十一年前より以前のことを、ツァイルは何も話してくれていない。だが、記憶がないのだとしたら……。

「ああ、そうだ。気がついたら喉を掻き切られかけていて、飛び出したところで大勢の人間に囲まれた。どいつもこいつも、俺に矢を射かけたり槍を投げつけたりしてきたから、火の海に沈めてやった」

見たことのない大勢の人間たちに囲まれて混乱したツァイルは、自分の身を守るために辺りに火を放ち、ティルディアスに逃げ込んでシルフィアと出会ったのである。

「そうだったんですか……」

シルフィアが彼をみつけたとき、幼い火竜は全身に傷を負っており、当初はシルフィアさえも近づけようとはしなかった。

その理由については一切話してくれなかったが、傷つけられる以前の記憶がないのだったら、話しようがないだろう。

「とても、怖い思いをしたんですね……」

シルフィアは人間に模したツァイルの傷ついた喉にそっと手で触れる。

「昔の話だ」

ツァイルは苦笑し、シルフィアのやわらかな手をやんわりと握りしめた。

人間が幼竜の喉を掻き切るのは、竜の喉笛が『竜玉』と呼ばれる、人間にとっての万能薬になるからだ。そのために乱獲され、竜は激減した。

幼い竜はまだ表皮が柔らかく、喉を掻き切るのも容易だ。おそらく、ツァイルもそうして喉笛を奪われそうになったのだろう。

だが、イヤファの喉には傷はない。

「イヤファ、他になにか覚えてることはないですか？　目覚めたとき、どんな場所に誰といたとか……」

「うーん、夜だったのは覚えてる。縄で引っ張られて檻に押し込められた瞬間、目が見えるようになった。それまでは、ずっと暗くて何も見えなくて。確か……男が何人かいたと思う。話し声は聞こえた気がした」

彼女が最初に目にしたのは、頑丈な木の檻だった。荷台に乗せられていて、馬の嘶きをそこで初めて聞いた。馬という生物だと知ったのは、城の竜舎に入れられてからだが……。

それ以降の記憶は、ツァイルが彼女自身の境遇や状況について教えてくれたことで、なんとか成り立った。

「なにを話していたか、覚えていませんか？」

「あたしも混乱してたから、はっきりとは……でもそういえば、取引がどうとか言ってた気がする。あと、なんとか伯爵とか」

「取引、ですか……その伯爵という人が……？」

だが、小さな山村で育ってきたシルフィアには、それらの言葉から他に連想できるものがない。そもそも、取引で竜を捕まえてこられるものなのだろうか。どこにいるかわからない、絶滅したとさえいわれているのに。

「理由はともかく、すくなくともイヤファはアヴェンとかいう王子に狩られたわけじゃねえ。それは確かだ。自分で狩ったわけじゃないなら、竜を横取りしただのなんだのって理屈は通用しねえよな」

「でも、それを証明する手立てがありません。竜に直接聞いたなんて言っても、信じてはもらえないでしょうし……」

信頼しあった人と竜の間には会話が成立するという事実も、竜と竜騎士の数が減る中でどんどん忘れられてきた。王子が竜狩りをしていないことをシルフィアが言い立てたとしても、彼女の妄言だと片付けられてしまうのがオチだろう。下手をすれば王太子への侮辱罪でこちらが罪に問われてしまうかもしれない。

「その事実を客観的に証明する必要がありますね。でももしかしたら、他にも竜は――ビアレンにいる、とか？」

それは単なるシルフィアの思いつきだったが、ツァイルもイヤファも、揃って最初の記憶がビアレンで始まっているのだ。他に竜がいたとしても、おかしくないのではないだろうか。

「ビアレンに竜が？　でも、他の竜の気配はしないよ」

同胞を察知する能力が、竜には具わっている。街中という狭い範囲ならばすぐに感じ取れそうなものだが、ツァイルも同意見らしく、肩をすくめている。

「そうですよねえ……。とにかく、私たちには街やお城に伝手《つて》がありません。そこで、リューンさまと親しい方を訪ねて、わけを話して救出のために協力していただくしかないと思うんです」

「竜に戻って城に突撃すりゃ手っ取り早いのに」

「ツァイルまでそんなこと。竜って、こんなに血気に逸った生き物でしたっけ……？」

彼女にとって最も印象深い竜といえば、隠遁生活を送るじいさん竜のグレヴァである。

「でも、王太子ってやつのほうが、そのキルフィルって人より偉いんだろ？　それじゃ太刀打ちできないんじゃない？　あの金髪男と仲良くするつもりはないんだから、あたしも突撃でいいと思うなー。だって、あたしのリューンに毒矢を放った相手だよ？」

ツァイルはともかく、イヤファまで攻撃的な発言をすることにシルフィアは頭を抱える。

「で、そのキルフィルって奴はどこにいるんだ」

「ビアレン衛視隊の隊長さんですから、詰所を訪ねてみようと思います。でも昨晩の騒ぎで、出払っているかもしれませんね……」

いつしか彼らは橋を渡り終え、被害のなかった大通りを歩いていたのだが、シルフィアは唐突に足を止めた。

「ところでツァイル、腕輪を盗まれたんですよね？　あなたが竜に戻るところを、人に目撃されたりしませんでしたか？」

「……そういや、されたな。街中で突然のことだったから、逃げ場もなかったし」

とぼけてツァイルは言い、ごまかすようにスタスタと早足になった。

実際、人ごみの中でのできごとだった。少なくとも、彼から腕輪を強奪した男とその仲間たちは確実に目撃しただろうし、近くを歩いていた大勢の人々もしっかり彼が変身するところを見ていただろう。

「そ、それって、大問題ですよね……？」

言った途端、彼らの周囲に柄の悪い男たちが集まってきて、気がつけば完全に取り囲まれていた。雨が降っているので人は少なかったが、それでも通りすがりの人々が、巻き込まれてはならないと遠巻きになる。

「おい、貴様……」

昨晩、ツァイルから腕輪を奪った男だった。彼はツァイルの一挙手一投足を確認しながら近づいてくると、咄嗟にツァイルの喉にナイフを突きつけた。

「昨晩の野郎だよな、その赤毛。お、おまえ……竜、なのか？」

ツァイルは突きつけられたナイフを冷ややかな黒い瞳で見下ろすと、嘲笑した。

「バカじゃねえのか？　人間が竜になるわけねえだろ」

武器を持ってツァイルを脅しているはずの男のほうが背が低く、圧倒的長身のツァイルに明らかに迫力負けしている。

「お、俺はこの目で見たぞ。その腕輪を外したら……」

「んー、こいつか？」

ツァイルが左腕を上げて、赤い宝石の腕輪に手をかけて外そうとすると、男はあわててその手にナイフを押し当てて止めた。

「ばっ、ばかやろう、外すんじゃねえ！」

竜になられたら、彼の命が危うくなるのだから当然ではある。

「おとなしく俺たちの言う通りにするんだ。でなければ……」

男が目配せした先にはシルフィアとイヤファがいる。彼らが何を企んでいるのかは知らないが、どうやら娘たちを人質に取り、ツァイルに何かを要求するつもりらしい。

だが男が見たのは、彼の仲間たちがふたりの娘を人質にした場面ではなく、水色の髪をした幼い少女に急所を蹴り上げられ、地面にのたうつ仲間の姿であった。

「ちょっとちょっと、汚い手でさわらないでよ」

イヤファは見た目、十歳になるやならずの少女である。その足元にひれ伏した屈強な男たちが五人。ツァイルを脅した男は目を点にしてその様子をみつめている。

幼い暴れ竜のイヤファは、人の姿をとっても暴れん嬢《ぼう》であった。

だが、その空白を破る声があった。

「おまえたち、そこで何をしている！」

鋭い男性の声が響き渡ると、ナイフの男は飛び上がった。通りの向こうから現れたのは、ビアレン衛視隊の制服を着た衛視たちだったのだ。外套を羽織っていてさえ、威風堂々とした姿は健在である。

「引き上げるぞ！」

幼女に叩きのめされた男たちも、これは追及されたら恥ずかしいと思ったのだろう。痛む身体を押さえながら、ほうほうの体《てい》で逃げていった。

「大丈夫ですか。お怪我は」

衛視がやってくると、彼はシルフィアの顔を見て動きを止めた。

互いに見知った顔だったのだ。

「あなたは……昨晩、ヴァリレエ公と一緒だった……？」

「キルフィル隊長、ですよね⁉　よかった、お会いしにいこうと思っていたんです！」

「わ、私にですか？」

キルフィルはリューンよりもはるかに体格がよく、とても屈強な男だが、口調は穏やかだ。

「お願いです、キルフィル隊長。リューンさまを助けてください！」

＊

ビアレン衛視隊の詰所にやってくるのは二度目だった。

雨の降るビアレンで偶然にもキルフィルに出会ったシルフィアは、彼の上官が王太子に捕らえられたことを訴え、その救出のための助力を乞うたのだ。

キルフィルはリューンが捕らわれた事情など知らずに目を点にしていたが、シルフィアの焦りぶりを見て、ただならぬ事態が起きているのだと察してくれたようだ。

彼らを詰所へ連れて行き、人払いをして個室で話を聞いてくれた。

「──それで、竜を奪った罪人として、ヴァリレエ公が王太子殿下に捕まった、と……？」

「はい。ですが、リューンさまは決して竜を盗んだりはしていません。それは信じていただきたいのです」

シルフィアの必死な言葉に、キルフィルはやさしい笑みを浮かべた。リューンと比べると強面だが、見た目と違って穏やかな人柄なのだろう。

「ええ、わかっていますよお嬢さん。我々の統括が公明正大で清廉潔白な人物だということは、誰もが知っています。卑怯や虚言とは無縁だということもね。しかし……」

キルフィルは金褐色の短い髪をかきあげ、困ったようにため息をついた。

「相手が王太子殿下というのがよくない。殿下はヴァリレエ公がお嫌いです。そのような嫌疑をかけたということは……」

「リューンさまを、処刑する……と？」

「そこまであの方がされるかはわかりません。基本的にヴァリレエ公を嫌ってはいても、徹底的に非道な人物というわけではない。幼い頃は、ウサギ一匹仕留められぬ心やさしいお方でした」

「あの男がぁ？　うっそだー」

そう言い放ったのはイヤファである。それも無理からぬことで、彼女はさんざんアヴェンに剣を向けられ、その身に刃を振り下ろされたのだから。

「ところであなたは、先日、メルフラフ通りでヴァリレエ公が保護したお嬢さんですよね」

キルフィルはあのスラム街の酒場で、シルフィア救出のために乗り込んできた衛視のうちのひとりだったのだ。

「あっ、その節は……！　シルフィアといいます。ご挨拶もせずに、ごめんなさい」

「いいえ、あなたのお噂はいろいろと聞いていますよ。ところで、ヴァリレエ公閣下から目的のものはもらえそうですか？」

「目的のもの……？」

言われてきょとんとしたが、キルフィルの意味深な笑いに気づいてシルフィアは顔を真っ赤にした。

彼女は大勢の騎士がいるこの詰所でも、堂々と「子種をわけてもらいにきました」と発言したのである。

キルフィルはその場にいなかったはずだが、傍で聞いていた衛視たちが、あのとんでもない爆弾発言を話題にしていたとしても不思議はなかった。

「昨晩、あなたがヴァリレエ公と一緒にいるのを見て、すこし驚きました。しかもずいぶんと公がご執心のようで」

「そんなことは、全然……」

昨晩のことは夢中だったのであまりよく覚えていないが、キルフィルの見ている前でリユーンに抱きついたり泣いたりした気はする。

「あの堅物公爵が女性を担いだり頭を撫でたり、正直、昨晩は竜の襲撃よりもそちらの方が私には衝撃的でしたな。公は独身の大貴族だというのに、浮いた噂ひとつないガチガチの堅物ですからね」

「そんなことないよー、リューンはあたしのだから」

「いやはや、公も隅に置けませんな」

イヤファが割り込むと、キルフィルは目を細め、ひとしきり笑って表情をあらためた。

「それで、公をお助けするのはやぶさかではありませんが、今のところヴァリレエ公閣下が捕縛された等の情報は入っておりません。先刻、ビアレン上空をアヴェンさまの水色の竜が飛んでいて、その背にヴァリレエ公が乗っていたのを見たという人は大勢いますが」

「はい、私もそこに一緒にいました。あの後でリューンさまのお邸に戻ったところ、アヴェンさまが待ち構えていて……」

「なるほど。殿下としては、竜を取り返すかヴァリレエ公を処罰するか、どちらかの選択を迫られるわけでしょう。そして後者を選び、公を連れ去った。竜は殿下の思い通りには動きませんからな」

キルフィルの物言いは、アヴェンの気性をよく知っているように聞こえた。

「はい、竜を連れ戻そうとするよりも、最初からリューンさまを捕まえるために待っていたみたいでした」

「まあ、自分が捕らえた竜を他人に奪われたというのは、殿下でなくても屈辱でしょうからね。それが毛嫌いするヴァリレエ公であればなおのこと。しかも、街の様子を見る限り、ヴァリレエ公が竜に乗っていることを英雄視こそすれ、殿下の竜を奪ったと見る者はあまりいないようです。なにしろヴァリレエ公のお父上も竜騎士で、王国の英雄だった」

「……それは、きっと面白くないでしょうね。でも私、今回のことは殿下にあまり同情できません」

シルフィアはきっぱり言い切る。竜と共存するティルディアスの人間として、アヴェンのやり方は許せなかった。

「うんうん、あたしも同じ」

イヤファも当然のように同調する。なにしろ、彼女は王子に囚われていた張本竜だ。

「なぜですか？」

「……実は、リューンさまが殿下に連れて行かれる前、私に言ったんです。殿下が竜を手に入れた経緯を調べてほしいって」

「竜を手に入れた経緯、とは」

「はい。殿下は自分で竜を狩ったわけではないのです。もしそれが証明できるなら、竜を盗んだっていう話がそもそもなくなりますよね」

そう言うと、キルフィルは目を瞠った。文字通り受け止めたら、シルフィアの言葉はとんでもない告発である。

「なぜ、殿下がご自分で竜を狩っていないと断言できるのですか？」

「本人が、アヴェン殿下に狩られてないと言っているからです」

これにはキルフィルも意味不明という顔をしたが、当然だろう。

「本人？　竜がそう言っているとでも？」

キルフィルが眉間に皺を寄せるのを見て、イヤファは立ち上がった。

「シル、そんな遠回しに言ったって信じるわけないじゃん。こういうの、言うより見せたほうが早いよ」

幼竜の娘はキルフィルの傍まで歩くと、じろじろと強面の衛視隊隊長の顔を観察した。

「ふーん。リューンが信頼してる人だから、大丈夫じゃない？」

言うなり、イヤファは腕に嵌めていた腕輪に手をかける。

「あっ、ここではだめ……」

シルフィアが止めに入るも遅かった。古竜グレヴァの魔力が籠められた腕輪が床に落ち、幼い少女の身体がみるみる変貌していく。

細い手足は水色の透明な鱗に覆われ、大きくしっかりした竜のものになる。そのかわいらしい顔も、威圧感たっぷりの竜そのものに――。

「う、嘘だろ……」

キルフィル隊長は立ち上がり、口を開けてイヤファの変わっていく様をみつめていた。

彼らが通された部屋は決して広いところではない。元の大きさを取り戻したイヤファは天井に頭をぶつけ、あわてて床に身を伏せた。

それでもソファやテーブルを押しのけ、その場にいた人間たちは壁に追いやられる始末である。

『痛っ！　やーん、ツァイル助けてえ……！』

部屋にぎゅうぎゅうに押し込められた風竜が叫ぶと、もちろん竜の咆哮が響き渡ることになる。

「バカ、何やってんだ」

近くにいたツァイルが床に落ちていた腕輪を拾い上げ、腕輪の石を竜の前脚に当てると、たちまち竜の体が縮んで元の幼い少女の姿に戻った。

「キルフィル隊長、何事ですか⁉」

咆哮を聞きつけた衛視が部屋に飛び込んできたが、そのときには風竜は幼女の姿に戻り、床の上に座り込んでいた。

だが、ソファもテーブルも壁際に追いやられてしまっていて、中を覗き込んだ衛視たちは目を丸くする。

「隊長……？」

「や、こ、これは、落とし物を探していたのでソファを動かしたんだ。気にせず職務に戻ってくれ」

「しかし、何やら獣の遠吠えのような……」

「気のせいだろう、ここには何もいないぞ。それよりも、昨晩の騒ぎの残務処理を急いでくれよ。あとで統括に報告しなくてはならない」

「はあ……」

衛視はいまひとつ腑に落ちないようだったが、客人のいる前で不用意に騒ぐことでもないと思ったのか、すぐに引き下がった。

「このバカ、考えなしに行動するんじゃない」

ツァイルがイヤファの額を小突き、あらためて彼女の腕に腕輪を嵌めると、水色の髪をした少女はぺろっと舌を出した。

このかわいらしい仕草をする娘が竜。

キルフィルは理解不能といった顔で一同を眺め回していたが、ツァイルが少女と同じような赤い石の腕輪を嵌めているのを見て、ものすごい勢いでシルフィアを振り返った。

「シルフィア嬢！　あ、あの彼の腕輪は……」

スリの男から腕輪を取り返してくれたのはキルフィルだ。それでだいたい察したらしい。

「まさか彼が――」

「彼が昨晩の赤い竜です……。でも、彼は何も悪くないんです！　昨晩のことは、ごめんなさい……」

腕輪を盗まれて竜の姿に戻ってしまったところで、逆鱗に矢を射られたことを説明すると、キルフィルは魂が抜けたような顔で放心した。

「その——悪かったな、街を燃やして」

ツァイルも不承不承ではあったが謝罪の言葉を口にする。

なにしろ彼が竜の姿に戻ってしまったのは、目の前の衛視隊長の責任ではない。むしろ、街を燃やした尻拭いをさせているという自覚がツァイルにもあるようだ。

「竜が——人に……これは、ヴァリレエ公もご存じのことなんですか……？」

「はい、リューンさまも全部ご承知の上です。それでリューンさまはこの子——イヤファの竜騎士として選ばれたんです！」

シルフィアは自分の出身や二頭の竜のこと、リューンが竜に乗ることになった経緯などを包み隠さず彼に話した。

リューンを助けるために味方になってもらいたい人に、余計な隠し事はしたくなかった。

それに、イヤファが彼の前で正体を見せたのだ。それはキルフィルを信じても大丈夫だという竜の信頼に他ならない。

「……な、なるほど、そういうことでしたか——」

突拍子もない話にキルフィルは混乱していたが、無理やり自分を納得させたようだ。

俄かには信じられない話である。しかし、彼は目の前で幼い娘が竜に変化《へんげ》するのを確かに見た。嘘だと疑うことは、キルフィル自身が見たものを否定することになる。

ただし、語尾から疑問符は完全には消えていないようだが。

「はい。この子はアヴェン王子に狩られたわけではなくて、どこからか連れてこられ、そこでいきなり檻に入れられたのだそうです」

シルフィアが解説すると、イヤファもうんうんと頷く。

「そうそう。そこで人間の男たちが話してるのが聞こえたの。取引がどうとか、なんとか伯爵とか。あと、水の音がしてた」

「伯爵……。王国に伯爵と名のつく家は百以上ありますがね。むろん、偽名という可能性も考えなくてはならないでしょう。そして、殿下に竜を手引きしたとなると、アヴェンさまの歓心を買いたい人間か、あるいは命令された人間か」

考え込んでいたイヤファだが、顔を上げて手を打った。

「あ、そうだ。『これであなたは名実ともに次期国王の父ですね』って、そいつ言ってた」

「それは間違いないですか⁉　次期国王の父ということは、アヴェン殿下の配偶者になる女性の父か。自分の娘を殿下の妃にと望む貴族は多いですが、最近のアヴェン殿下の腰巾着はルーシュウス伯爵という男です。彼も、ひとり娘をお傍に上げようと考えています」

「ルーシュウス……覚えがないなあ」

「外でそのような胡散臭い輩と取引するのに、本名を名乗るとは思えませんから、無理もないでしょう」

王子に自分の娘を選んでもらうために、『伯爵』はアヴェンの望みを叶えたのだろう。

しかし、もう絶滅したのではと言われるほど数の少ない竜を、どこから捕まえてきたのかという疑問は残る。目の前の竜《イヤファ》は、自分がどこから来たのか、それまでの記憶を一切持っていない。

「あ、それでね。そしたら伯爵が怒って、『余計なことを言うな、アローザ。貴様とは金輪際会わんぞ』って」

ひとり芝居のように、イヤファは大げさに取引現場の会話を再現してみせたが、キルフィルは顔色を変えた。

「アローザ？　本当に伯爵がそう呼びかけたのですか⁉」

「うん、間違いないよ。思い出した！」

自信満々にイヤファが答えるのを見て、キルフィルは深刻な顔をして腕を組んだ。

「キルフィル隊長、なにかお心当たりでも？」

「ええ。アローザについては今、衛視隊で調査をしているところなのですが……」

いったん言葉を切ってから、意を決したように彼は続けた。

「アローザは昨日、リブロ湖から遺体となって引き上げられました。事故ではありません、何者かに――殺害されたのですよ」

＊

「勘弁してくださいよ、キルフィルの旦那。私は善良な商人でございます。そんな頭ごなしに悪人と決めつけられちゃ。きちんと税金だってお上に納めております」

愛想のよさそうなちょび髭の中年男は、困ったように笑みを浮かべながら肩をすくめた。

ここはビアレン大通りにある古物屋である。シルフィアが最初にビアレンにやってきた日、ツァイルとともに訪れようとしていた店だった。もっとも、その手前でツァイルとはぐれてしまったので、結局入らずじまいだったのだが。

古物屋はだいぶ羽振りがいいらしく、店内は広くて内装は豪華、商品の調度品はどれをとっても一級品である。

金銭的な価値はシルフィアにはよくわからないものの、一目で「素敵だな」と思える品ばかりがそろっていた。

一緒についてきたツァイルとイヤファァは、店内に陳列されている宝石類を眺め、ああでもないこうでもないと、品物について侃々諤々《かんかんがくがく》である。光物が好きな竜らしいといえばらしいのかもしれない。

「ザール、俺はこれまで、だいぶおまえには目こぼしをしてきたつもりだ。しかし、今回ばかりはそれが難しくてな」

カウンター越しに、キルフィルは店主のちょび髭に迫る。

「ですから、私はそんな男にはまったく心当たりはありませんよ」

「アローザを知らない？　そんなことはないだろう。最近、彼に客を紹介したよな？　それも、貴族の」

キルフィルが言うには、殺されたアローザは『悪者通り《メルフラフ》』の住人で、盗品を故売屋に流す仕事をしていた男だそうだ。しかし、彼は根っからのコソ泥で、貴族につながりなど持っていない。アローザの仕事場はビアレンに住む金持ちの邸が主で、そこで得た高級な調度品や宝石類を故売屋に買い取らせているのだ。

そういった危ない橋を長年渡ってきた男なので、殺されたというのも衛視隊の中では納得の事象ではあった。

そして、アローザが盗品を売り捌く相手がこの男、ザールである。そこまでは実際に調査がすんでいるのだそうだ。

ザールは表向き、ビアレンの大通りにこのような明るく豪華な店を構えて、上品な商人を装っているが、彼の真の顔は、メルフラフ通りを中心とした故売屋なのだ。

「言いがかりですよキルフィル閣下。知らないことをそのように責め立てられましても」

「故売屋のおまえがビアレンのみならず、城の中にも手を広げ、盗品や違法な商品をやりとりしていることは調査済みだ。あまりビアレン衛視隊をナメないでもらおうか」

「真っ当な商売人に、何をもってそのような！　むろん手広く商っておりますから、お取引の相手には貴族さまもいらっしゃいますがね。盗品や違法商品だなんて、滅相もない！」

ザールというちょび髭商人は、大げさに嘆いて神の印を切った。

「例えばこれ――」

カウンターの隅に置かれている、女神の像を手にしてキルフィルは言う。

「これは西のナールシア王国の王宮神殿から盗まれた女神像だ」

「な、なにをおっしゃいます！　これは職人が手をかけ暇をかけ作り上げた傑作で……」

「女神像の左腕に、うっすらとヒビがあるだろう。これはナールシアが出している盗品の届けと一致している」

「そ、そんなはずは……！」

全身で否定するものの、ザールの額に汗がにじむ。

「そうだな。おまえが盗品を扱っているだなんて何かの間違いだろう。善良な商人による通報を受けたので、この像は然るべき場所に戻るよう手配しておこう」

こうしてキルフィルは青い顔をしているザールから像を奪い返した。

「ザール、もう知ってるんだろう？　アローザが殺されて、湖に投げ捨てられたことも。このままじゃ、おまえもヤバいかもな」

「なにがおっしゃりたいのですか」

「おいおい、全部言わせる気か？　例の『伯爵』がアローザの口を封じたことぐらい、察しがついてるだろ」

　アローザを殺害した犯人は目星すらついていないのが実情だが、キルフィルはしれっと嘘をついた。

「まさか。無関係のことですから、察するもなにも」

　狡猾な顔を垣間見せながら、ザールはあくまでも無関係を主張する。

　シルフィアから見れば「本当に何も知らないのでは……」と心配になるほどきっぱりしているが、キルフィルには、ザールが腹黒い狸にしか見えていないらしい。

「そうか、あくまでも知らぬふりを通すというのだな。ひとつ、これは親切で教えておくのだが、昨晩、取引先から例のブツが逃げた。この結果は当初からアローザの、ひいてはおまえの計画だったと『伯爵』はにらんでいる。騙されたことに怒り狂っているぞ」

「……バカバカしい、そんなことありえるはずがないでしょう」

　そのときだった。

　広い店のど真ん中に、何の前触れもなく突然、水色の鱗の竜が出現したのだ。ザールはあんぐりと口を開け、天井を突き破りそうなほど大きな竜を見上げた。

それは腕輪を外したイヤファなのだが、ザールはキルフィルが連れてきた幼い少女など一顧だにしていなかったので、その竜が少女の化けた姿とは思いもしなかったのだ。

竜はじろりとザールに目を向けると、彼に向かって咆哮をあげた。店の中に振動が伝わり、びりびりと置いてあるものが震える。

「ひっ、ひぃ――――ッ！」

竜はまるで噛みつきそうな勢いでザールに顔を近づけた。大きく開く口には、鋭い牙があり、今にも身体を食いちぎられてしまいそうだ。

「た、食べないでくれ――――！」

『誰があんたみたいなマズそうなの食べるってのよー！』

イヤファの憤慨はもちろん、ザールには竜の咆哮にしか聞こえない。

「この竜は、アローザを通じて『ルーシュウス伯爵』に引き渡した。間違いないな？」

「まっ、間違いありません！　ルーシュウス伯爵に頼まれました！」

「アローザはどこから竜を連れてきたんだ。他にも竜はいるのか」

床にうずくまって頭を抱えるザールの淋しい後頭部をながめながら、キルフィルは詰問を続ける。しかし、ザールは必死に頭を横に振った。

「奴は……アローザは、竜を仕入れることはできるが、出所は絶対に教えられないと言ってました……！　だが、金を積めば竜でも、竜玉でも、なんでも手に入れてやると……」

「なるほど。それで実際に、竜玉を外国に流していたというわけか。おまえ、本当に知らないのか？」

「や、奴は竜がたくさんいる場所を知っていると、そう言ってました……！」

「故売屋として外国にも手広く商いをしているおまえが知らないとは、にわかに信じがたいな」

「ほ、本当です！　竜を手に入れる経路を探してはいますが、まったく不明で……」

キルフィルはそっとシルフィアに頷いて見せた。

彼女が腕輪の宝石をイヤファの前脚に当てると、巨大な竜はたちまち人間の小柄な少女の姿に取って代わる。

「わかったよ、邪魔したな」

次にザールが顔を上げたときには、もうどこにも竜の姿はなくなっていた。

「言っておくがザール、さっきの竜はおまえの顔を覚えたそうだからな。衛視隊に妨害を働くことがあったら――わかってるな？」

腰を抜かす故売屋を置いて、キルフィルは同行者たちを促して店を出た。

すっかり雨の上がった夕方のビアレンは、風が出てすこし涼しい。この辺りはツァイルの炎に巻かれずにすんだ場所だが、きな臭さが風に乗って運ばれてくる。

「キルフィル隊長、ザールさんに証言していただかなくてもいいのですか？」

「奴らは舌先三寸で人を騙し歩いている連中です。あとで証言を翻されたら目も当てられませんからね、あてにはしていません。しかし、アローザが竜を手に入れた方法や場所がつかめれば、それはヴァリレエ公閣下救出のための、何よりの証拠になる」

「しかし、そんな呑気なことをしている暇があるのか？」

ツァイルはいまひとつ納得いかない顔である。

「確実な証拠を手に入れるのは、現状打破にいちばん近い道ですよ」

さっきまで故売屋相手に、ハッタリを使ったり脅しをかけたりしていた人物とは思えないほど、キルフィルは堅実な発言をする。

「だといいがな」

しかし、詰所に再び戻った彼らを待ち構えていたのは、期待からだいぶかけ離れた現実だった。

「キルフィル隊長、大変です！　先刻、城内からもたらされた情報によりますと……ヴァリレエ統括が王太子殿下に捕縛されました。本日夜半にも、処刑されるのでは、と――」

「なんだ、と……？」

シルフィアとキルフィルは顔を見合わせ、イヤファは彼女の盟友の命運を知って口を真一文字に結び、ツァイルはそれ見たことかと肩をすくめた。

第六章　竜の裁き

時刻は日の入り直前だった。

今日、王城では王妃の誕生日を祝う夜会が開かれる予定となっており、シルフィアたちは急ごしらえの支度で夜会の会場に乗り込むことになった。

目的は、今夜にも処刑されようとしているリューンの救出である。

本来であれば、リューンの身の潔白を証明して悠々と救出するはずだった。しかし、事態は急を要する。のんびりと竜の取引について調査をしている間に、リューンの命がなくなってしまう。

リューンが王城のどこかにいることは確かなので、飛び込むしかない。しかし、彼らは夜会の招待客ではないし、ドレスで着飾っている場合ではなかった。

というわけで、キルフィルの妹アリシアの侍女として随行だ。城に潜入して、リューンを助け出すのだ。

ヴァリレエ公爵の処刑というあまりにも衝撃的な情報は、王宮では公にはなっていないらしく、そんな話題はどこにも上っていないそうだ。ビアレン衛視隊は独自に情報網を張り巡らせているので、これはそのうちのひとつからもたらされた情報である。

「本当にヴァリレエ公が処刑されるのであれば、もちろんビアレン衛視隊として、市中警備団として正式に抗議するところです。裁判もなしにいきなり処刑など、原始の王国でもあるまいし。しかし様子を見る限り、ヴァリレエ公の処断について噂すら上っていない。それどころか、捕縛されたという情報も公開されていません。いや、もちろんシルフィア嬢を疑っているという意味ではありませんよ。捕縛の情報があなたからもたらされ、裏の伝手から処刑の報が入った。話は事実なのだと思います。ですが、ヴァリレエ公爵閣下は国王陛下の実兄の息子。陛下にとっては甥にあたりますし、陛下は公爵にずいぶんと目をかけておられる。であればこそ、若くして市中警備団の統括という地位に取り立てられているのです——おっと、もちろんヴァリレエ公がその地位に見合った実力をお持ちだからですがね。ともかく、そんな重要な地位にある方の処刑が秘密裏に行われるなど、考えられません。正式な処刑であれば、呑気に夜会など開催している場合ではないでしょう」

「……では、アヴェン殿下の独断、と？」

「まさかとは思いますが、そう考えざるを得ませんね。彼らの仲の悪さ……というより、殿下がヴァリレエ公を一方的に毛嫌いしていることは、城に出入りしている者なら誰でも知っています」

城へ向かう馬車の中で、キルフィルは腕を組んで大きなため息をついた。

夜会に出席予定ではなかったキルフィルも、リューン救出のため城までは同行してくれたが、彼は城で面が割れているし身体も大きいので、隠密行動はできない。あくまで、怪しまれず城内に入るための手引きだけだ。

シルフィアとツァイルは目立たないよう城の使用人のお仕着せ姿で、イヤファはアリシアのお下がり黒ワンピースで参戦だ。

そう、これはシルフィアにとってはアヴェンとの戦そのものである。

キルフィルの妹アリシアは、彼らの話を道々聞きながら首を傾げた。

「でもお兄さま、そんな勝手なことをして、陛下にまで内緒でヴァリレエ公を処刑してしまったら、あとあと殿下ご自身が陛下から処断されるのではありませんか？」

「何らかの咎めはあるかもしれないが、殿下にしてみれば、竜を奪われたのは屈辱だろうし、過去、竜騎士は己の竜を傷つけた者を、己の裁量で裁くことができたらしいから、主張は通るだろう。それに、王太子という揺るぎない立場におられるんだ。まさか死罪とまでは陛下も言わないだろう。邪魔者を消しさえしてしまえば、死人に口なし……」

「邪魔者……死人……」

キルフィルの言葉を聞いて、シルフィアは震え上がった。

親も兄妹も同年代の親戚すらいないシルフィアにとって、従兄弟同士という関係はとても羨ましいものなのに、アヴェンには邪魔だという。

むろん、当人同士にしかわからない機微はあるだろう。それにしたって、リューンは真面目で穏やかな性格で、自ら人間関係に波乱を起こす人間ではないし、そこまでアヴェンがリューンを嫌う理由が本当にわからない。

「アヴェン王子は、そんなにリューンさまの黒髪が……外国の血を引くことを嫌がっていらっしゃるのでしょうか」

「ああ、それは後付けの理由ですよ。幼い頃は、兄弟みたいに仲のいいおふたりでしたからね。これは傍で見ている者の勝手な解釈なのですが……陛下はアヴェン殿下に少々厳しすぎるお方でしてね。同い年の従兄弟同士、わりと何をするのも同時でしたが、常にヴァリレエ公のほうが一歩抜きんでているのです。学問然り、馬術然り、剣術然り。それは公が並々ならぬ努力を重ねた結果ですし、決してアヴェンさまが劣っているというわけではない。むしろ、学生時代はおふたりで首席争いをしていたほどです。しかし、ついにアヴェン殿下はヴァリレエ公に勝つことなく卒業を迎えた。陛下はご自身の息子と甥を比べ、殿下を叱りつけたそうです。優秀すぎる従兄と比べられ、叱責を受け続けてきた殿下がひねくれてしまわれるのも、無理ないことかと……」

シルフィアだって、何かがうまくできたらオジジたちに褒めてもらいたいし、実際、オジジたちは彼女が何をしたって大絶賛してくれた。

そして、それがとてもうれしかったから、ますます張り切った。

比較される対象がいなかったシルフィアには、想像してみるしかないのだが、必死の努力を何かと比べられてすべて切り捨てられてしまったら、それは悲しいだろうと思う。どんなにがんばっても、誰も褒めてくれなかったら……。

「アヴェンさま、おかわいそう……」

ほろりと涙がこぼれた。

だが、ツァイルがそんなシルフィアの頭を小突く。

「バカ、同情してる場合か。そういうのは逆恨みっていうんだ。人間で二十三歳といえば、もういい年なんだろ？　子供の感傷をいつまでも引きずって、逆恨みする進歩のない人間なんだよ。おまえが同情するに値するような奴か？」

「そうだよシル。同情してる間にリューンが殺されちゃうかもしれないんだよ!?」

二頭の竜はとても過激派だが、確かに今は彼の境遇に同情している場合ではない。

「それで、リューンさまの居場所の見当、つきますか？」

「これは城内でもかなりマズい案件らしく、近衛騎士の中から匿名で公爵捕縛の情報提供があったそうです。ですから、これはあくまで私の推測なのですが、今は使われていない西の塔があります。過去はそこに貴族の囚人を収監していたのですが、ヴァリレエ公の捕縛が秘密裏に行われたものならば、おそらくそこでは……と」

「西の塔、ですか？」

「ええ。王城の西の端、リブロ湖岸に建てられていますが、塔のてっぺんに巨大な竜の石像があります。ほら、ちょうど窓から見えますよ」

馬車の窓の向こう、太陽が沈みゆく西の方角に塔の影が見えた。夕陽に照らされて、黒い影にしか見えないその塔は、確かにてっぺんに大きな竜の姿がうかがえる。

「あの像はレスヴィアーザを見守っており、その足元には竜の裁きを待つ囚人がいる。まだこの国に竜騎士が大勢いた頃、竜は正義の象徴として扱われていました」

「バカバカしい。竜は人間を裁いたりしねえっての」

ツァイルの独白にキルフィルは苦笑する。竜本人が言うのだから、そうなのだろう。

「塔の入り口は封鎖されていますが、城の地下から通路を辿って入ることはできます。実はここだけの話ですが、塔に入ることのできる木の扉、厳重に鍵がかけられていますが、蝶番が壊れているのです」

地下の入り口にさえたどりつければ、内部に潜入することはそんなに難しくないのかもしれない。いざとなれば、ツァイルの人間離れした力で強引に突破するつもりだ。

「でもあの塔がクサいってわかってるなら、それこそ突撃しちゃえばいいじゃん」

あくまでもイヤファの提案は単純かつ好戦的である。シルフィアはため息をついた。

「あそこにリューンさまがいるという確証はないですし。闇雲に突撃して、それこそ本当に竜と人間が敵対する事態になったら、取り返しのつかないことになります」

ツァイルとイヤファの正体を知らないアリシアには、ちんぷんかんぷんな会話だろう。彼女が首を傾げているのを見て、シルフィアは会話を打ち切った。

「とにかく、私は陛下に事の次第をご報告申し上げようと思います。殿下の独断であれば、何よりの抑止力になると思いますし、もしすべて陛下がご承知の上ならば、ビアレン衛視隊長として抗議します。裏での援護しかできず、申し訳ありませんが」

「いえ、隊長さんが乗り込んでいって事が大きくなりすぎたら、傷を負う人が増えて、事態に収拾がつかなくなってしまいますもの。私はリューンさまの思いを無駄にしたくないです。人と竜が昔みたいに信頼しあいながら共存していくのがリューンさまの望みなんです、キルフィル隊長。今はもう、竜があまりいないですけど、もしかしたらどこかに竜がたくさんいるかもしれないのでしょう？」

殺されたアローザは、竜がたくさんいる場所を知っていると、そう故売屋に話したそうだ。ツァイルやイヤファの記憶が、ビアレンから突然はじまっていることを考え合わせると、ビアレン近辺に竜が存在する可能性がある。

もしそれが本当なら、リューンの夢見た世界がふたたび実現するかもしれないのだ。

　ツァイルは無言でシルフィアの頭をぐりぐりとかきまわし、キルフィルは目を細めた。

「……なるほど。ヴァリレエ公があなたにご執心の理由がわかりましたよ、シルフィア嬢。同じ景色を望み、それを叶えようとしてくれるあなたは、公にとっては何ものにも代えがたい存在なのでしょうね」

「い、いえ、そんな……。私はリューンさまに助けてもらうばかりで何もできないので、せめてリューンさまの思いを壊さずにおこうって、それくらいしか……」

　頬を赤らめてシルフィアはうつむいたが、アリシアが彼女の両手をぎゅっと握った。

「お話はよくわかりませんが、私もとっても素敵だと思います、シルフィアさま。首尾よくヴァリレエ公をお助けして、公との馴れ初めをぜひ聞かせてください」

　同年代の女性にこんな親しく声をかけられたのは初めてで、シルフィアはいっそう頬を染めたが、そのやさしい手をそっと握り返した。

「ありがとうございます、アリシアさま」

　やがて馬車は王城の門をくぐった。空になった竜舎を横目に、馬車は城の玄関口へと到着する。地階への行き方は教わっているので、人目を避ければたどりつけそうだ。

　大勢の華やかな装いの人たちが次々に馬車から降り立ち、中へと吸い込まれていく。そんな中、アリシアの子供時代のワンピースを貸してもらったイヤファァは、シルフィアの袖を引っ張って言った。

「シル、あたしはキルフィルと一緒に行くよ。もし塔にリューンがいなかったら、また振り出しだろ？　こっちにくっついてたら、新しい情報が手に入るかもしれないしね」

イヤファとツァイルは多少離れていても、意思の疎通ができるのだ。

「で、でも、招待はされてませんし、それに……」

「構いませんよ。遠縁の子を預かったことにしますし、私がついていれば、そこまでうるさく言われないでしょう」

キルフィルが快諾してくれたので、厚意に甘えることにした。確かに三人で一緒に行動しても、全員が城の中に不案内なので、行き詰まったときに困ってしまうだろう。

それに、イヤファ——竜が他の人間に懐いてくれたというのは、シルフィアにとってもうれしいことなのだ。

「では、イヤファはキルフィル隊長にお任せします。よろしくお願いします。イヤファ、くれぐれも無茶はしないでね」

「大丈夫だって。そっちもリューンをみつけたら、すぐに教えてよ！」

こうして、彼らは二手に分かれることになった。

従僕に身をやつしたシルフィアとツァイルは、忙しく走り回るフリをしながら、どんどん人の少ない城の西側へと移動する。

シルフィアひとりだったら、とうに怪しまれているところだったが、人の気配に敏いツァイルが巧みに人のいない方へと誘導してくれるので、思ったよりもかんたんに地下への階段にたどりつくことができた。

地下は、たくさんの古道具を収めた倉庫部屋がずらりと並んでいたが、もう人の出入りがなくなって久しいらしく、埃やカビの臭いが充満している。

「西の塔の正面入り口は封鎖されているんですよね？　それ以外の出入り口はこの地下通路だけ。でも、この通路をアヴェン王子が行き来した様子はないですね……」

「あっちは王子だ、封鎖されてる表の出入り口からだって入れるだろ。それに、ここにあいつが連れ込まれたんじゃないかという衛視の推測は、正しいと俺も思う。あの竜の像、王子があいつに当てつけるのにはおあつらえ向きだ」

「……急ぎましょう」

キルフィルに教えられたとおりの場所に、鎖で封鎖されている両開きの鉄扉があった。

確かに左側の扉の蝶番が壊れているようで、ツァイルが扉を押してみると、蝶番が外れて扉に隙間ができる。人ひとりが通るくらいはわけもなさそうだ。

「え、こんなにかんたんでいいんでしょうか」

「この塔はもう使われてなくて、打ち捨てられてるだけなんだろ？　厳重にしておく理由がない」

言いながらツァイルが扉をさらに押し開けると、左扉の蝶番はすべて外れ、すんなりと彼は塔の内部に入り込むことができた。

シルフィアもあわててそれに続くと、彼が開いた扉を押し戻した。

「いざというときのための脱出口ですし、開けたままにしておいたほうがいいのでは？」

「そんな緊急事態が発生するなら、コソコソ逃げることなく空を飛んで逃げるさ。ここにヤツがいればこその緊急事態だろ？」

ここにリューンがいなければ、中で何かに出くわすこともないのだから、急いで逃げる事態にはならないだろう。

塔の地下も長いこと人の出入りを思わせるものはなかった。ただ、がらくたがたくさん積み上げてあり、埃の積もった石造りの階段がおどろおどろしく上へと続いている。

閉鎖された暗闇にあまり耐性のないシルフィアだ。窓のない、小さな手持ちランプだけでこの深い暗闇を進むと思うと気が滅入る。でも、もしこの暗闇にリューンが閉じ込められているのだとしたら、早く助け出さなくてはと気持ちが逸って自然と駆け足になった。

そんな急ぎ足のシルフィアを追い越し、ツァイルが先導してくれる。

彼は人の姿になっても視界が利くし、気配に敏感なので、シルフィアの盾になってくれているのだろう。

「ところでツァイル、その袋はなんですか？」

ツァイルが肩に担いでいる布の袋を指して、シルフィアは尋ねた。馬車を降りたときからずっと持っていたのが気になったのだ。

「ああ、これは」

彼は袋を開いて中の物を取り出した。

それは、ティルディアスから街へやってくるとき、村のオジジから渡された弓矢だった。

「一応、何かの役に立つかもしれねえしな」

リューンの、竜と人の争いにしたくないという思いを汲んでくれているのだ。だが、それを指摘すると、ツァイルは絶対に否定するだろう。

「ツァイル、付き合ってくれてありがとう。『人間』を助けるためなのに」

「ふん。あの野郎には借りがあるし、なにかあってシルが落ち込むんじゃ、黙って見てられねえしな。ヤツから種をもらえそうなんだろ？」

「あ、そっ、その話は……！」

子種の正体とそれを得るための方法を知ってしまった今、いくら異種族とはいえ、幼馴染のツァイルの前ではとても口にできない話題である。あんなに秘めやかで、身も心も溶けてしまいそうな夢見心地の時間のことは、絶対に誰にも話したくなかった。

「おまえはヤツから種だけぶんどって、ひとりで子育てするつもりみたいだったが、人間ってやつは、番《つがい》で子供を育てるもんだろ？　おまえみたいな世間知らずの常識知らずが、あの能天気ジジイどもと子供を育てたら、たぶん子供にとって害悪……」

「そこまで言います!?」

「……だから、あの野郎がおまえといたほうが……一緒にいたほうがいいと思った。だいたい、また一から種探しに付き合うのはごめんだ」

ツァイルの口の悪さは知っている。口は悪いが、誰よりもシルフィアのことを気にかけてくれる。彼の背中を見上げながら、シルフィアは頬を緩めた。

「私がリューンさまと番になっても、ツァイルのことは大好きですから！　心配しないでくださいね」

「誰が心配なんかするか。おまえの子供がティルディアスの後継ぎになるなら、ヘンな人間に育たないように俺も見張ってなきゃならねえからな！」

あれほど人間を嫌っていたツァイルが、シルフィア以外の人間を認めてくれたのだ。こんなにうれしいことはない。

その対象が今はまだリューンひとりだけだとしても、人と竜が信頼しあえる世界という、リューンの願いが実を結んでいるように思えたからだ。シルフィアだって、竜守の一族に生まれた身として、人と竜が争うところなんて見たくない。

「その前に、リューンさまが番になってくれるかはわかりませんけど。この国の偉い方ですし……」

「その『国』に命を取られようとしてるんだぜ。義理立てする必要があるのか？」

シルフィアが二の句を継げずに空気を沈黙させた途端、はるか上階から鉄扉を荒々しく閉じる音が降ってきた。

塔に人がいる。

ふたりは顔を見合わせると、まだまだ先の長い階段を必死に駆け上りはじめた。

*

夜会の開催されている大広間は、王城でもっとも広く、参列者が千人はいるであろう大規模な会だ。どこを見回しても人だらけで、イヤファはおもしろくなさそうに唇を尖らせた。

彼女が唐突に自我を覚えたのは、暗い森の中だった。それまでの記憶は欠片もなく、突然、世界に生まれ落ちたように様々な感覚が彼女を包んだ。

鬱蒼とした森の匂い。夜鳥の鳴く声、人間の男たちの剣呑な会話。

そして、目の前に広がる大勢の人間たち。

大きな声で囃し立て、うるさいくらいの歓声をあげ、彼女を指さして好奇心いっぱいに見つめる目、目、目――。

はじめは怖かったが、どんどん腹立たしくなった。彼女を檻の中に閉じ込めた小さな生き物は、翌朝から剣を持ってイヤファを追い立てはじめ、ますます彼女を怒らせた。鎖さえなければ、目の前の『人間』をこの鉤爪で切り裂き、牙で食いちぎってやるのに。

でも、リューンだけは他の人間とまるで違った。

彼の発する言葉も最初はちっともわからなかったが、イヤファの大嫌いな剣を捨て、何度も声をかけてきた。身一つで近づいてきてはイヤファに撥ね飛ばされ、それでも丸腰で傍に寄って来るうちに、彼の言葉がなんとなく理解できるようになった。

ちなみに、彼女が初めて名前を覚えた人間はシルフィアだが、あれは『人間』という括りで見ていない。火竜が心を許す存在で、それはもう最初から竜の同胞も同然だ。

リューンは、イヤファを「美しい」と讃え、同胞である人間に攻撃されながら、彼女を縛りつけていた鎖を外してくれた。

恐怖と不安の中にいたイヤファに安心感をくれたリューンを、拘束し、処断しようとするあの金髪男は、やはり彼女にとっての害悪でしかない。

(あたしがやっつけてやるからね、待っててよリューン)

心の中で誓うものの、今の彼女は幼い少女の姿で、身丈の大きなキルフィルに手をつながれている。傍から見れば微笑ましい父娘であった。

そのとき、国王夫妻がやってきたという触れがあった。背の低い現在のイヤファの視界には入らないが、後からアヴェンも国王席にやってきたようだ。

「リューンを処刑しようってのに、自分は呑気に夜会だって」

キルフィルに向かって憤慨していたとき、ふと耳に入った声がイヤファの注意を引いた。低く、ぼそぼそと話す声に聞き覚えがあったのだ。

意識を集中させると、その声だけがイヤファの耳に飛び込んでくる。人間の耳だったら、至近にいても聞こえぬほどの小声だが、彼女の聴覚の鋭さは人間とは比べ物にならない。

（――そうか、準備は整ったな）

この声は、彼女がこの世界で目を覚ましたときに初めて聞いた、『伯爵』の声だ。

（はい、ご命令があり次第すぐに実行に移します。やはり近衛騎士はあてになりません）

（殿下の直属であれば迷わず動くと思ったが、あの方には主君としての器量がまだまだ足りないようだな。だが、竜騎士は竜と意思の疎通が可能と聞く。あの男を野放しにしていたら、竜の出所が知られた挙句、私の身が危うくなる可能性がある。一刻も早く、あの男を亡き者に）

（かしこまりました。しかし閣下、殿下は面憎いお従兄君のみを捕らえ、一緒にいた娘を放置なさってきたそうです）

（娘？）

（ええ、何者かはわかりませんが、噂では公爵とともに竜に乗っていたとか。危険では？）

（――その娘も早急に探し出し、消せ）

イヤファはキルフィルの手を振り払って、人ごみをかきわけながら男へと近づいた。背後でキルフィルの驚く声が聞こえたが、身体の小さなイヤファの姿は人ごみに紛れ、あっというまに彼の視界から消えた。

(リューンだけじゃなく、シルまで……？　人間って、そんなかんたんに同胞を殺すの？)

同じ種族を殺すという感覚は、イヤファには理解できなかった。

壁際にいたその男は、一見すると温厚そうな顔立ちをしているが、彼女の目には腹黒くていやな空気をまとっているのがよく見える。傍にいるのは手下なのだろう。

「見つけた。あんただ、竜の取引してる悪い奴！」

『伯爵』の前に立つなり、イヤファはきっぱりと言い放った。

彼女の告発は、喧騒もあったので周囲の人間にはほとんど聞こえなかったようだが、伯爵は温和だった表情を強張らせた。しかし、瞬時に我に返ると、ギラギラの鋭い目を無理やりにこにこさせ、イヤファにそっと近づく。

「お嬢ちゃん、いったいなにを言っているのかな。ご両親はどうなさった？　はぐれたなら、おじさんが一緒に捜してあげよう」

「ええっと、ルーシュウス伯爵、だっけ？　あたし知ってるからね、この嘘つき」

言うだけ言い放ち、イヤファは素早くその場から遁走した。人ごみをかきわけ、追いかけてくる伯爵を煙に巻くように広間を駆け回る。

伯爵と話していた男が、挟み撃ちするように回り込むのを気配で察知すると、イヤファは国王席に向かってまっすぐ突進した。

国王夫妻の周囲には挨拶待ちの列ができていたが、イヤファは勢いよく列に突っ込んだ。そして、近衛騎士が止めるより先に、席について不愛想にしていたアヴェンの胸倉をぐいっと掴み上げる。

「あんた、なに呑気に夜会とかやってんの!? リューンを返せ！ リューンを処刑なんかしたらねえ……!!」

リューンを捕らえさせた張本人を目の前にして、イヤファは俄然張り切った。だが、すぐに背後から口をふさがれ、ルーシュウス伯爵に抱きかかえられてしまった。

「な、なんだ貴様……」

アヴェンは腰を浮かせたが、明らかな焦燥と動揺に顔を青くし、あわてて父王を振り返る。国王は黙ったまま、じっとこの一幕をみつめていた。

「今、ヴァリレエ公を、処刑と言ったのか？」

そんな声が、広間のあちらこちらから聞こえてくるので、ルーシュウス伯爵は取り繕うように言い訳する。

「こ、これはまことに申し訳ございません。遠縁の娘を連れて参ったのですが、虚言癖のある娘でして、すぐに退出いたします」

伯爵はイヤファの口をふさいだまま、強引にその場から逃げ出した。

告発がどこまでうまくいったかはわからないが、広間の中に疑惑を残すことには成功したはずだ。

「このガキ、何者だ！」

ひと気のない廊下に飛び出した途端、伯爵はイヤファの髪をつかんでその頬を殴ろうとした。だが、のろくさい人間の中年男にやられるはずもない風竜の化身は、その手を逆につかみ返すと、強かな膝蹴りを伯爵の鳩尾《みぞおち》に見舞ってやった。

伯爵はうめき声をあげてその場に膝をついたが、伯爵と一緒にいた従者が屈強な手でイヤファの腕を拘束し、後ろ手に捻り上げてしまう。

「痛いだろ！」

「ぐ、このガキ……！」

伯爵はじたばた暴れる少女の頬を強く叩くと、取り出したスカーフでイヤファの口に猿轡を噛ませてしまった。

「閣下、いかがいたしましょう。陛下のお耳に入っていなければよいのですが……」

「公爵と一緒にいた娘というのは、このガキのことか？」

ルーシュウス伯爵の憎々しげな顔を、イヤファは強い視線でにらみつけた。

「いえ、二十歳前後の娘と聞いております」

「陛下には余計な疑念を持たれてしまったかもしれぬが、今さら引き返すわけにはゆくまい。公爵は予定通り始末する。生きていられるほうが危険だ。おまえはこの娘が何者なのか吐かせ、処理しろ」

「かしこまりました」

こうしてイヤファは従者の男に城の外へと連れ出されてしまった。

＊

兜の面頬を下ろした無言の騎士たちが三人、縛られたままのリューンを塔の屋上に連れ出したのは、リブロ湖の向こうに夕陽が落ちた時刻だった。

湖から冷たい風が吹いてくる。

眼下に広がる、彼が日常的に歩き回っているビアレンの街には、小さく灯った明かりが連なっていた。

あの明かりのひとつひとつに、穏やかな人々の営みがある。彼はその明かりの守人だ。

だが、今は罪人としてこの灯火を眺めている。

この西の塔に連れてこられたことが何を意味するのか、もちろん王国の高級貴族として列せられているリューンにはわかっていた。

塔のてっぺんにそびえ、王都を見下ろす巨大な竜の像は、罪を犯した者を裁く『審判の竜』と呼ばれている。

威嚇するように開いた竜の口には、大きく鋭い四本の牙があるが、下顎の二本の牙に罪人を縛った縄の端をかけて、ここから彼を突き落とすのだ。

運が悪ければ、落下の衝撃で縄が切れて、そのまま広大な湖に真っ逆さまだ。

運よく縄が持ち堪え、そのまま無事に日の出を迎えたら、罪は許される。それでも、一晩じゅう、宙ぶらりんに吊るされたまま耐え抜かなければならない。

だが、命綱をかける牙の部分は、刃物のように鋭利に作られていた。いくら身動きせずにじっとしていても、湖から吹き上げる風が彼を大きく揺さぶる。揺れるたびに縄には切れ目が入り、やがてはぶつりと切れてしまう。

結局、無事に朝を迎えることなど、できないようになっているのだ。

この塔は、罪人を湖に落として『竜の審判』により処刑する塔であり、決して罪を許す場所ではないのだから。

ふいに、左頬に熱を感じた。左側にいた騎士が、松明に火を点けたのだ。

「こちらへ」

ビアレンの街を向く竜像の前にリューンを立たせる。イヤファと同じくらいの大きさの像は、彼の頭上で大きな口を開いていた。

リューンを支える縄は輪っかに結ばれ、松明の炎を映して鋭く輝く竜の牙にかけられた。

ここにいる騎士たちは、命令に従って刑を執行しようとしているに過ぎない。何を訴えても無駄だということはよくわかっている。

だからといって、おとなしく塔から吊るされるわけにはいかない。

リューンは自力で風竜の信頼を得たのだ。アヴェンに言ったように、己に恥じるところは何もない。

「……この処分を、国王陛下はご存じでいらっしゃるのか。竜の裁きにかける際は、国王立ち会いの下で行われるのが通例のはずだ」

少なくともこの百年、竜の審判による裁きなど行われておらず、正しい手順や決まり事を知る人物はいない。ただ、そのような刑が存在したことだけが、伝聞で広まっているにすぎない。

むろん、リューンも詳しいことなど知らないが、国王の甥である自分を、こんな前時代的な方法で処刑しようというのだ。国王が何一つ口出しせず、形ばかりだとしても、裁判さえ行われないなんて考えられないことだった。

もし国王がこの刑を知らないのであれば、騎士たちは王国の重鎮たるヴァリレエ公爵を勝手に処断したことになる。それは取り返しのつかない、重大な過ちだ。

「そもそも、執行を命じたアヴェン殿下ご自身が立ち会われないのであれば、誰がこの刑を見届け、証人となるのか。最悪、君たちに責任が降りかかる可能性も考えないわけにはいかないだろう」

それは時間稼ぎのための言葉だったが、本心からの心配でもある。

しかし、騎士たちはリューンの言葉にまったく無反応だ。不気味な沈黙だけが流れた。

(近衛騎士ではない……？)

彼らは近衛騎士の鎧を身に着けているが、面頬を下ろして顔を隠している。

これはアヴェンの謀略なのか、それともまったく別の因子が潜んでいるのか。

どちらにしろ、リューンに抗弁させるつもりがないということは、この縄もおそらくすぐに切れてしまうのだろう。

背後に回ったふたりの騎士が、リューンの身体を塔の下に突き落とすべく肩に手をかけたが、彼はとっさに屈んでそれを回避した。

目標を見失って反応が遅れた騎士たちに、リューンは低い回し蹴りを見舞って転ばせる。

両腕が使えない状態なので、自分が倒れないよう均衡を保つのに苦労した。

だが、思わぬ反撃を食らって倒れた全身鎧は、やすやすと起き上がることができないでいる。彼らの怒号を背にしながら、リューンは縛られたまま塔の中央まで走った。

ところが、牙に縄をかけた別の騎士が行く手を塞ぎ、リューンを塔の下へ突き落とそうと待ち構える。

「悪あがきは見苦しいですぞ、ヴァリレエ公閣下」

「謀略で殺されるよりマシだ」

飛びかかってきた騎士をやり過ごし、彼の周囲をぐるりと小さく走る。すると、竜の牙とリューンとをつないでいる縄が騎士の身体に巻きつき、彼の胴体と左腕を拘束した。

騎士は絡みついた縄を外そうと暴れるが、リューンも身体を引きずられないように必死に踏ん張る。踏ん張って、縄をさらに遠くに引く。

やがてリューンの目論見通り、ふたりの男の攻防に耐え切れなくなった縄が、竜の牙に激しく擦れてぶつりと切れた。その拍子に騎士の身体に絡んだ縄がたわみ、転倒する。

こうなることも織り込み済みのリューンは、縄が切れた勢いのまま前方に一回転して飛び起き、一目散に塔の中を目指して走った。

だが、その頃には最初に蹴り倒したふたりの騎士が立ち上がり、切れた縄の端をつかんで、リューンの逃亡を阻止してしまった。

「余計な手間をかけさせてくれたな。このまま湖に放り込め」

「おまえたちは、アヴェンさまの近衛騎士ではないな？　誰の命令で動いている？」

答えがあるとは思っていないが、問いかけずにはいられなかった。

アヴェンはリューンのことを心の底から嫌っているが、このやり方は王子の命令とは思えない。元々のアヴェンは心やさしく、悪く言えば気の弱いところがある。本気で他者の命を奪いにくるとは考えにくかった。感情に任せてギリギリまでは攻めてくるが、最後の一線は越えられない男だ。

(殿下が私を殺すはずがないと思うのは――驕りだろうか)

そもそも、リューンを本気で排除しようとするなら、こんな回りくどい真似をせず、昨晩の矢に死毒を塗りこめておけばよかったのだから。

おそらく、竜をアヴェンに引き合わせた人物が噛んでいるのだろう。

縄を引かれ、身体ごと手繰り寄せられる。

悪あがきだろうと、おとなしく殺されてやる義務はない。唯一自由の利く足で、全身鎧の騎士に効果的な反撃ができる箇所を探す。

だが、さすがに同じ手を二度も食らってくれそうにはなかった。

三人がかりで取り囲まれ、背後から足を押さえ込まれると、倒れたリューンに向かって正面にいた騎士が拳を突き出してくる。

それでも、目は逸らさなかった。どこを殴られるのか、その衝撃に耐えるために意識を集中する。

しかし、腹部めがけて飛んできた拳は、彼の鳩尾を捉えることなく空を切っていた。

突然、リューンを縛めていた縄が緩み、解けたのだ。彼は何かを思うより早く、自由になった手で騎士の腕をつかんで撥ね退けていた。

足を押さえ込まれていたので格好よく着地とはいかなかったが、腕で身体を支えて地面との激突を回避し、足を蹴り出して拘束から逃れた——そのときだ。

「リューンさま！」

彼を呼ぶその声は、無意識のうちにリューンの胸をくすぐった。

シルフィアの声に振り返ると、彼女のすぐ後ろ、こちらに向かって弓を構えている赤毛の青年が真っ先に目に飛び込んできた。

ツァイルの放った矢が、リューンの縄を解いてくれたのだ。あの乱闘の中での正確な弓技は、舌を巻くほどだ。

彼が続けざまに射かける矢は、金属鎧に跳ね返されてしまうが、確実に騎士たちの意識をリューンから遠ざけた。その隙を活用しないわけにはいかない。

だが、ずっと縛られていたせいで腕は痺れており、反撃はできそうにない。そこで彼は、逃走という手段を選択した。

「公爵を逃がすな！」

我に返った騎士たちがリューンにつかみかかろうと突撃してくる。

「リューンさま！」

「シルフィア……！」

矢を射るツァイルの後ろから、彼に向かって手を伸ばして駆け出す少女をめがけ、リュ

ーンはひた走った。

日の落ちた暗い空の中、彼女の白金色の髪が月光を受け、ほのかな明かりをはらんで見える。そのやさしい明かりを目指して。

たった数時間離れていただけなのに、もう何年も会っていなかったような懐かしさを覚える。

人間の社会に不慣れなはずの彼女が、リューンを助けるためにここを探し当ててくれたのだ。

その思いが、存在が愛おしすぎて、場所柄も状況も忘れて抱きしめたくなる。

だが、シルフィアの華奢な身体を抱きしめたのはリューンではなかった。

塔の中から現れた中年の男が、彼女の身体を背後から羽交い絞めにし、その顔の前に短剣を突きつけたのだ。

「近づくな、ヴァリレエ公。こちらへきたら、この娘は殺す」

男はシルフィアの頬に短剣の刃を当てながら、薄ら笑いを浮かべている。

傍にいたツァイルがとっさに矢を向けるが、舌打ちして弓を下ろす。男がシルフィアの身体を盾にしたのだ。

シルフィアは菫色の瞳を揺らめかせ、冷たい刃が頬に当てられる恐怖に唇を結んでいた。

「……ルーシュウス伯爵。これは何の真似だ」

リューンは立ち止まり、シルフィアを捕らえた男を睨み据える。

ここにルーシュウス伯爵が出てきた理由をリューンは知らない。しかし、竜の出所を調べてくれているシルフィアがこの場を探り当て、それを伯爵が阻害している。

それらを考え合わせれば、必然的に竜の捕獲にルーシュウス伯爵が関わってくるのだ。それも、公になっては困るような方法だ。

その間に背後から近づいてきた騎士たちが、リューンの手を後ろ手に縛り上げる。だが、抵抗はできなかった。

「残念ながら説明している暇はありません。おまえたち、早く公爵を湖に投げ入れろ！」

「これはアヴェンさまの命令なのか？」

伯爵は答えない。騎士たちが命令に従い、リューンの身体を担ぎ上げて塔の端へと向かうのを険しい目でみつめている。

「リューンさまを離して……やめて……！」

シルフィアの悲痛な声が、風に流されていく。

彼とておとなしくされるがままにはなりたくない。だが、抵抗した瞬間にシルフィアの命がなくなる。彼女を犠牲にして助かる道を選ぶことはできなかった。

だからといって、リューンが湖に投げ込まれたあと、ルーシュウス伯爵がシルフィアを無罪放免するとは思えない。

視線を巡らせると、ツァイルの姿が目に入った。彼は無言のまま、リューンに向かって顎をしゃくる。

リューンは目を瞠り、唇を結んだ。

「やめて……リューンさまを助けて！　ひどいわ、なんでこんなことをするの！」

シルフィアが叫ぶが、ルーシュウス伯爵は取り合わず、彼女を黙らせるように切っ先を口許に近づけた。

「リューンさま……！　やめて、お願い！」

シルフィアの悲鳴が夜空に吸い込まれていくが、騎士たちは意に介さなかった。

彼らは塔の縁《へり》までやってくると、暗闇に沈んだはるか眼下の湖に、リューンの身体を投げ落とした。

虚空をみつめ、声を失ったシルフィアが震えてその場に崩れ落ちる。

「――あいつを、本当に落としたのか……⁉」

ふいに、アヴェン王子の声が緊張していた空気を破った。

シルフィアはのろのろと顔を上げ、遅れてやってきたアヴェンの姿を認める。

彼は夜会用の盛装で息を弾ませていて、ルーシュウス伯爵とシルフィアとを交互に見比べた。走ってここへやってきたようだが、頬は青ざめ、額には冷や汗が浮いている。

「殿下、この期に及んでヴァリレエ公を見逃すおつもりだったのですか？」

「処刑すると言って脅すだけだと……竜を奪い返し、二度と俺に逆らわぬよう誓約させるだけだと、言ったはずだ！」

アヴェンの声はかすかに震えており、それを見た伯爵は呆れたように眉をひそめた。

「公はあなたの竜を奪った大罪人ですぞ。あれはあなたが捕まえた、あなたの竜だ」

「……だが、奴は仮にも国王の甥だぞ」

「なにをお気の弱いことを。いいですか、殿下。あなたはレスヴィアーザの竜騎士にして次期国王です。竜騎士の尊厳を保つため、次代の国王として、罪人を処断して何が悪いのですか。あなたはたったひとりのお世継ぎ。一時、陛下のご不興を買ったとしても、あなたの身は安泰なのですよ。胸を張ってヴァリレエ公の罪を弾劾なさい。あなたの最後の最後で気の弱いところは、戴冠するまでに直しておかねばならない欠点ですよ」

伯爵は言い、シルフィアの細い手首をつかんで立ち上がらせた。

「だからと言って、なぜ今、殺した？　俺は承知していない」

「彼を生かしておくと、不都合なことが多いのですよ。私の立場が悪くなるだけならともかく、殿下にとっても非常に問題だ。殿下、いずれこの国を治める者として、毅然とした態度をお示し下さい。何者かは知らぬがこの娘とその赤毛の男も、殿下の竜騎士としての栄達を阻む邪魔者。いずれ、その治世にも暗い影を落とすでしょう。お命じ下さい、この場にいる不穏分子を消せと」

ルーシュウス伯爵はツァイルを牽制するように、うなだれたシルフィアに剣を向けたままだ。

「すでにヴァリレエ公を亡き者にした今、この者たちを屠らねば、こちらの身が危うくなるのです！　関係者の口をすべてふさいでしまえば、死人に口なしですぞ！　今ならいくらでも言い逃れる手段はある！」

だが、アヴェンは首を横に振る。その顔は蒼白になり、握りしめた拳は震えていた。

「えい、もういい。このふたりも湖に投げ捨てろ！」

煮え切らない王太子に痺れを切らし、伯爵は騎士たちに命じた。

彼らは伯爵の命令に忠実で、シルフィアとツァイルを剣で脅し、リューンを落とした方へと追い立てる。

「どうして、こんなこと……リューンさまは竜を盗んだりしていません！　アヴェンさま、あなたがいちばんよく知っているはずです！　お金で買った竜に、本当に誇りを持って乗ることができるんですか!?」

シルフィアの告発に目を丸くしたのは、アヴェンよりもルーシュウス伯爵だった。

「こんなことをしなくても、アヴェンさまはアヴェンさまのやり方で、お父さまに認めてもらう方法があるはずです！」

「貴様、何を知っている」

叫ぶシルフィアにつかつかと歩み寄ったルーシュウス伯爵は、彼女の胸倉をつかんだ。

「さっき広間にいたガキの仲間か」

「……あなたが『アローザ』と取引して、竜を手に入れたんです。ルーシュウス伯爵。竜を狩ったなんて、嘘ばっかり！」

きっぱり言ってのけた瞬間、伯爵は表情を消し、シルフィアを塔の隅まで引きずった。

「秘密を知る者は早急に排除しなければなるまい。あのガキも、今ごろ同じ運命をたどっているだろう。すぐに後を追わせてやる」

塔の縁は、膝の高さほどの低い立ち上がり壁があるだけで、突き飛ばされればたちまち真っ逆さまだ。シルフィアは必死に抵抗するが、身長も腕力も伯爵には敵わず、湖から吹き上げる風に髪を巻き上げられる。

「せいぜいあの世で公爵と再会を喜び合うのだな」

「は、放し……」

胸倉をつかみ上げられ、足が宙に浮いた。そのままシルフィアの身体が、暗い湖に向かって突き落とされそうになった瞬間だった。

「待て、伯爵！」

とっさにルーシュウス伯爵の腕をつかんで止めたのは、アヴェンだった。

「もうやめよう。今さらこの娘を殺したって……どうにもならない」

「アヴェン殿下！　なにを甘いことを言っておられるのか！　こやつらの口を封じさえしてしまえば、広間にいたガキの妄言など、いくらでも……」

だが、アヴェンを振り返った伯爵は、大きく目を見開いて王子の背後をみつめた。

「こ、国王陛下……」

そこにはビアレン衛視隊長のキルフィルと、大勢の近衛騎士を率いた国王が佇み、険しい顔で一連の有様を眺めていたのだ。

「ルーシュユウス伯爵。その娘を殺害して何を口封じするのだ？　盗賊と違法に取引し、竜を王太子に買い与えたことか？　それとも、盗賊を殺害したことか？」

「ち、ちがう！　私は奴を殺してなど……」

言ってから、竜の取引を暗に認めてしまったことに気づき、伯爵の腕が震えた。

「しかし、我が国の重鎮たるヴァリレエ公を殺害したことは事実だ。己の罪を肝に銘じよ、ルーシュユウス伯」

伯爵の気が逸れた隙に、アヴェンが宙に突き出されていたシルフィアの腕をつかんで、こちら側に引き寄せようとした。

だが、それまでは弾劾する側にいたはずの伯爵は、今や弾劾される側に追い込まれ、国王の強く厳しい目ににらまれ、絶望の叫び声をあげた。

「アヴェン殿下……この、意気地なしめが。貴様のせいで！」

伯爵はシルフィアをつかんでいた手を離し、彼女を助けようとするアヴェンの身体を空に向かって突き飛ばした。

シルフィアとアヴェンが、ともに塔から姿を消す。静かに波が寄せる湖に向かって。

「シル！」

彼らの傍にじっと佇んでいた赤毛の青年も、後を追うように自ら湖面へ身を投げた。

この衝撃的な幕切れに息を呑むばかりだった近衛騎士たちだが、腰を抜かしてへたりこんだルーシュウス伯爵を無視し、彼らの落ちた方へと殺到した。

「――アヴェン殿下！」

叫びもむなしく、眼下には夜の闇に包まれたリブロ湖が悠然と横たわるばかりだ。

「あれは……」

だが、ひとりの騎士が、畏怖まじりに声を震わせる。

湖から吹き上げられた風が、辺りの空気を動かした。

「……竜だ」

湖上を吹く風とは異なる、巨大な翼が巻き起こす強い風が、空に羽音を運んできた。

次第に荒れ狂う風に圧倒され、その場の誰もが後退し、呆然と――あるいは驚愕に月を見上げていた。

煌々と照らす黄金色の月を背に浮かんでいるのは、二頭の竜の姿。

手前にいる水色の竜の背には、人の姿があった。

「あれは、ヴァリレエ公か」

「いや……竜騎士だ」

竜に乗るのは、月明かりを受けた夜の空よりも深い、漆黒色の髪をもつ青年。その腕には、伯爵に突き落とされたはずの少女の姿を抱きしめていた。

「アヴェン殿下もご無事だ！」

さらに高い位置にいる赤い鱗の竜が、王子の身体に長い尾を巻きつけているのが見えた。尾に巻かれてぶらぶらと宙づりにされたアヴェンは、声も出せずに目を剝いている。

やがて、水色の竜が月に向かって咆哮をあげると、塔の上で尻餅をついているルーシュウス伯爵に顔を向けた。

「ひっ……」

竜の視線を感じ取った伯爵は、腰が抜けたまま竜から遠ざかろうとあがく。しかし、巨体に見合わぬ速度で竜は、惑う伯爵の背後に肉迫し、その鋭い鉤爪を彼に向ける。

悲鳴をあげて、伯爵は逃げた。

竜に背を見せたまま走り、立ち上がり壁を乗り越え、暗黒の虚無に向かって真っ逆さまに――。

終　章

王国騎士の第一正装に身を包んだリューン・アース・ヴァリレエ公爵は、並みいる貴族や騎士たちの見守る中、玉座の前に跪いて頭を垂れた。

「汝、リューン・アース・ヴァリレエをレスヴィアーザ王国竜騎士として任ずる」

「勅命、謹んで――拝命いたします」

夢にまで見た瞬間だった。万感の思いでリューンは王命に応えた。


二頭の竜がレスヴィアーザの上空に現れた、その翌晩。

リューンは正式にレスヴィアーザ王国の竜騎士として叙任されることとなり、その叙任式と祝賀パーティが開かれていた。

叙任式はともかく、リューンはパーティを辞退した。人がひとり亡くなっているし、経緯はともかく、竜を城へ連れてきたのはアヴェン王子なのだ。華やかなパーティで祝われることに、リューンは抵抗を感じていた。

しかし国王は、アヴェン王子が違法な取引で竜を手に入れたことを、公にしてしまったのだ。秘密にすることで、いらぬ脅迫者を生む可能性があるからと言って。

だが、そのことで王子に対する悪評が広まりすぎるのを防ぎたい。ゆえに、国内外に向けて竜騎士の復活を大々的に祝い、華やかな話題を振りまくことで、世間の目を王子の醜聞から逸らす意図があるという。

これはさすがにリューンも固辞できなかった。

自分が表に立つことでアヴェンを守ることができるなら、臣下として進んで引き受けるべき役柄だ。心中が複雑であることに変わりはないが……。

こうして叙任式後の祝賀パーティではひっぱりだこになり、来る人来る人に乾杯や握手を求められ、場が無礼講になる頃には、軽い酔いを覚えてバルコニーに避難してきた。

酒には弱くはないはずだが、緊張感や高揚感に神経が昂り、軽く疲労を覚える。

「……リューンさま」

遠慮がちに声をかけられて、リューンは振り返った。そこには淡い水色のドレスでおめかししたシルフィアの姿があった。

彼女は長い白金色の髪を結い上げ、いくつもの真珠で飾っている。竜騎士一族の姫君らしく、しっとりと落ち着いた姿だ。

「シルフィア。悪かったね、ずっと放ったらかしで。ドレス、よく似合っている」

「ありがとうございます。キルフィル隊長の妹さんが貸してくださったんです。リューンさまの騎士の正装も、すごく素敵です」

「ありがとう。やはり侍女のお仕着せよりも、ドレスのほうが君にはいいね。竜騎士ティルディアスの子孫である君には。……シルフィア姫」

リューンは微笑むと、そっとシルフィアに向かって手を差し出した。彼女は白い手袋に包まれた手で、それに触れる。

「リューンさま。竜騎士叙任、おめでとうございます。そして、国王陛下にツァイルの寛恕をお願いしてくださって、本当にありがとうございました」

「すべて君のおかげだよ、シルフィア。それに、ツァイルはこの国の世継ぎを救ってくれたんだ。竜を怒らせたのはあくまでも人間の側。火竜の討伐隊を組織したことを、陛下は逆に謝罪してくださった」

塔から落ちたアヴェンを火竜が救ったのは、国王や多くの近衛騎士が見ていたことだ。イヤファはアヴェンを助ける気などさらさらなかったので、ツァイルが腰を上げてくれたというわけだ。

昨晩、あの塔から湖に投げ入れられたリューンだったが、落とされる前に、ツァイルが念話を送ってよこした。『塔の下にイヤファがいる。落ちてもおまえを助けてくれるから、心置きなく落とされてこい』と。

竜は信頼した人間と思念で会話することができる。火竜はリューンの騎竜ではなかったが、彼を信頼してくれたのだ。

そして、イヤファが下で待ち構えていることは、シルフィアももちろん知っていたから、塔での悲嘆ぶりはすべて演技だったのである。

「ねえ、シルフィア」

リューンはシルフィアの手を握り、細い肩を自分の方に抱き寄せると、月光を映してつやめく彼女の唇をふさいだ。

シルフィアは驚いたようだったが、すぐに腕の中に身体を預け、リューンのやわらかなくちづけを受け入れてくれた。

彼女が拒絶しないことを知ると、探るように角度を変え、弾力のある唇をなぞって舌を絡める。

「ん……」

拒絶どころか、シルフィアもそれを待ち望んでいたようで、自ら求めてリューンの舌に絡みついてきた。手も、彼の胸に縋ってくる。

唇を離すと、深緑色の瞳にシルフィアを映して、リューンは熱っぽく訴えた。

「――シルフィア、私と結婚してほしい」

「結婚……それって、私と番になってくれると、いうことですか？」

暁の菫色をまん丸にして、シルフィアは彼の言葉を反芻した。

彼女にとって『結婚』とは、絵本の中のお話でしかなかったのである。雄と雌が番うことは動物を見て知っていたし、自分に結婚した両親がいたことも聞き知ってはいたが、全部、空想とさえ思っていたのだから。

「ああ、そうだよ。もう、子種しか用がないとは言わせない。私は、子供は自分の手で育てたいし、シルフィアとふたりで育てるのはとても楽しいことだと思えるんだ。なにより、私は君を手放したくない。無鉄砲で、ときどき私の度肝を抜くようなことをしてくれるシルフィアが――心から愛おしい」

きょとんとしていたシルフィアは、恐々と菫色の瞳を上げ、リューンの顔の上に視線を固定した。

「どうだろうか。昨日、君は私を欲しいと言ってくれたと思うが――」

シルフィアはしばらく沈黙したままリューンをみつめていたが、ようやく彼の言葉を呑み込むことができたのだろう。かわいらしいその顔に喜びをいっぱい乗せ、リューンの身体を細腕でぎゅうっと抱きしめた。

「本当に、本当ですよね？　私のこと、好きでいてくださるんですね!?　私も、リューンさまと一緒に子供を育てたい……ずっとあなたと一緒にいたい！」

華奢な身体を抱き留め、リューンは顔をほころばせると、美しく結い上げたシルフィアの頭をそっと撫でた。

「そう言ってもらえてうれしいよ」

「何もかも夢みたいです……朝になったら、全部夢だったなんて言いませんよね？」

「君こそ、夢のように私の前からいなくならないでくれ。シルフィアは私の予測を軽く超えていくから……」

「いなくなったりしません！　じゃあ、あの……」

彼女はリューンからすこし離れると、両手のひらを合わせ、うつむき加減に頬を染めた。

「パーティが終わったら……昨日みたいに、その、いけないこと、してくれますか？」

リューンが目をまん丸にしたのに気づいたのか、シルフィアは上目遣いに彼を見上げた。

「……リューンさまと抱き合うと、とっても幸せな気分になれて、リューンさまが傍にいてくれるんだって、強く感じられるんです……。すごく、気持ちよかったし……」

まさか女性から身体を求められるとは。

だが、シルフィアは世の中の常識という鎖に囚われない、自由な感性の持ち主だ。それにレスヴィアーザの常識など、彼女が知るはずもない。子種すら、手渡しできると思っていた娘である。

型にはまらない奔放さを尊重すべきなのか、倫理観を説くほうが先なのか。

だが、リューンの迷いは一瞬だった。

「本当は、身体で愛し合うのは結婚してからというのが、この国の常識なんだ」

「えっ、そうなんですか⁉　じゃあ、昨日のあれは……何か処罰されるんですか⁉」

リューンは苦笑した。完全に結ばれたわけではないが、すでに互いの体温を知っているのだから、彼のほうこそ今さらなのである。

青ざめたシルフィアを、彼は軽々と抱き上げた。

「一応、知っておいてもらおうと思っただけだ。常識というか、建前だけどね。そもそも、建前を破って君を抱いたのは私だ。悪いことだったというなら、私が責任を取るよ」

そう言って彼女の唇をついばむと、身体を下ろしてその頬を両手に挟んで小さく囁いた。

「私も君と愛し合いたい――。もう帰ろうか」

「はい……！」

夢見心地の少女の手を握って広間に戻ると、彼女がそっとリューンをつついた。

「リューンさま、あそこ」

シルフィアの示す広間の隅に、自室で謹慎しているはずのアヴェンの姿があった。王子に気づいた人々は、ぎこちない笑顔でアヴェンに頭を下げる。

竜の入手経路については国王も調査中として公表していなかったが、彼が竜を狩っていない事実は今や、誰もが知るところだ。普段のアヴェンであれば、この空気の中で叙任パーティに顔を出すことはなかっただろう。

だが、王子はリューンと目が合うと、つかつかとこちらに近づいてくる。そして、一メートルほど手前で立ち止まると、手に握った何かをリューンに投げた。

彼が反射的にそれを受け止めると、アヴェンは踵を返して広間を後にしてしまう。

その背中を見送り、リューンは手のひらを開いて王子が投げてよこした物を見た。

「――とてもきれいですね」

シルフィアの言葉に、リューンも大きくうなずく。

それはコインほどの大きさの、黄金色に輝くマント留めだった。美しい竜の姿が彫り込まれている。かつて、王国の竜騎士たちがマントを留めるため使っていた物だ。

「アヴェンさま、リューンさまの竜騎士叙任を認めてくださったんですね、きっと」

シルフィアはそれを手にすると、彼のマントにつけてうれしそうに笑う。

姿の見えなくなったアヴェンに、リューンは騎士の礼をとった。

＊

王宮からヴァリレエ邸に帰りつくと、リューンはシルフィアの身体を横抱きにして部屋に戻り、広々したベッドの裾に彼女を座らせた。

初めて入るリューンの寝室は、必要なものが必要な場所に設置してあるだけの簡素な部屋だったが、とても広くて開放的だ。バルコニーは大きく張り出していて、どうやら竜が降り立つことができるようになっているらしい。

大きな窓からは王城を望むことができ、ヴァリレエ家の竜舎もよく見渡せた。竜たちはもう人の姿に身をやつす必要もなくなったため、今は本来の姿に戻り、そこで休んでいる。

「疲れただろう、こんな細い靴を履いて」

いつもは、自由に動き回れるやわらかな革ブーツを履いているシルフィアの足に、踵の高い華奢なつくりのヒールはとても窮屈だった。

「でも、靴にまで宝石がついていて、すごく素敵なんですもの。私の靴も服も、みんなご先祖さまのお古を仕立て直したりとか、そんなのばかりだから、うれしいです」

服はほぼ古布の手作りだったので、貴族の女性が身に着けているものをひそかに憧れの目で見ていたのである。侍女のお仕着せだって、新しい布で糊がきいていたので、シルフィアにはかなり贅沢に思えたものだ。

リューンはたらいに湯を張り、それをシルフィアの足元に置くと、跪き、靴や靴下を脱がせた彼女の素足を湯であたためてくれる。

彼にこんなことをさせていいのだろうか。でも、リューンは構わずに足を揉みほぐしてくれるし、それがあまりに心地よくて、思わず大きく息を吐いた。

「私には、シルフィアが手作りの服やブーツで、生き生きと走り回っているほうが魅力的だ。でも、宝石もドレスも好きな物を贈ろう。君はヴァリレエ公爵夫人なんだから」

「公爵夫人……」

その響きはシルフィアに感動を呼び起こしはしたものの、実感がなくて戸惑い半分である。しかも大事なことを思い出してしまい、心配そうに眉を寄せた。

「あの、でもリューンさま。私はグレヴァやオジジさまたちが心配なので、近いうちにティルディアスに帰るつもりなんです。結婚したら、もう村に帰れませんか……？」

シルフィアの足に湯をかけながら、リューンは笑う。

「君はティルディアスの大事な後継者だ。もちろん、これまでどおり村に住むといい。それに、グレヴァやオジジさまたちが許してくれるなら、私もティルディアスに住みたい」

「い、いいのですか!?　だってリューンさまは……」

「私にはイヤファがいる。彼女の背に乗せてもらえば、ティルディアスとレヴィーは目と鼻の先だよ。使用人たちから仕事を奪うわけにはいかないから、ときどきはこちらに顔を出さなくてはならないだろうけど、とくに不便は感じない。子供ができたときは、こちらで産婆に診てもらったほうが心強いだろうしね」

確かに、あのオジジたちが三人寄っても、出産に関しては文殊の知恵というわけにはいかないだろう。

「あ、ありがとうございます！　リューンさまがティルディアスに来てくださるなんて、オジジさまがたもグレヴァも絶対に歓迎してくれます！」

子種だけではなく、夫まで連れ帰ったと知ったら、オジジたちは諸手を挙げて喜ぶに決まっている。

その様子を思い浮かべてくすくす笑うと、リューンは手拭いで彼女の濡れた足を拭い、白い脛にくちづけた。

「君はこんな小さな足で広い大地を駆け回り、大空を飛ぶんだね」

「や、リューンさま、くすぐったい……！」

足に触れられてシルフィアは笑って身をよじるが、彼は長いスカートの裾をまくり、なめらかな脚を手のひらに収め、その膝にまでくちづけた。

「シルフィア、私のことはリューンと呼んで」

「でも、リューンさまはとっても身分の高い方だから……」

この邸に転がり込んできた当初、侍女からそのように注意されたことを今でもしっかり覚えている。

「夫婦は対等だよ。それに、君はもともとレスヴィアーザ王家の血を引く姫君なんだから」

姫君だなんて言われても、うれしいどころかおかしくて笑ってしまうが、事実、遡ればリューンと同じ血筋にたどりつくのだ。

「明日、陛下に婚約の報告に行こう。陛下は私の叔父で、数少ない血縁なんだ。結婚する相手のことをきちんと紹介したいが、君の出自……ティルディアスのことを陛下に伝えてもいいだろうか。むろん、世間に公表はしないでほしいとお願いはする」

「はい——リューンさまが、ティルディアスによくないことをするはず、ありませんから」

「リューン」

鼻の頭を指でつつかれて、シルフィアは頬を染めた。

「あ……大丈夫です、リューン」

どきどきしながら呼びかけると、彼は満足そうに微笑み、スカートの中の素足を手のひらでさすった。くすぐったさよりも、淫らな感じがするのは、気のせいだろうか……。

「君の中に、子種を分け与えても許してくれるだろうか」

「はい……でも、種よりも、リューンが欲しい……です」

リューンが顔を上げ、やさしく笑った。

彼はまるで、仕える騎士のようにシルフィアの前に跪き、手の甲にくちづける。あたたかな唇の感触に、心臓がどきどきと音を立てていた。

リューンはもう一度シルフィアの身体を抱き上げると、ベッドの裾から中央に移動させて、その身を横たえた。髪留めも解かれると、艶やかな白金色が室内のランプの明かりを受けて黄金色に輝く。

騎士の立派な詰襟の制服と、白いシャツをリューンが脱ぎ捨てるのをじっと見上げていると、鍛えられた男性の肉体が現れた。広い胸に、厚みのある肩。

くっきりと腹筋の見える腹部には、矢傷に加え、いつの間に負ったのか青痣があって痛ましかったが、それらの傷痕までシルフィアの胸を昂らせるから始末が悪い。

そして、若い男性の身体は彼女の目に馴染みがなくて、驚きとともに見入ってしまうほどたくましく、美しかった。

リューンは自分だけ上衣を脱いで、横になるシルフィアの顔をじっとみつめている。

「……」

ここは、自分で脱ぐべきなのかもしれない。そう思ってあわてて胸元に手をかけるが、彼の大きな手がそれを阻止して、シルフィアの手を顔の横のシーツに押しつけた。

「私に脱がさせて」

「で、でも、お手間では……」

「愛しい女性《ひと》のドレスを脱がすのは、男の悦びだ」

そういうものなのだろうか。シルフィアは目をぱちぱちさせたが、リューンの男らしく筋張った手が細い紐をほどいていく様子に、我知らず陶然となった。

先日のように大きく熱い手で愛撫して、あの唇で肌をなぞってくれるのだろうか。

胸元がはだけられ、下着に包まれた乳房が現れると、リューンの目が細くなる。

この、彼の行動を待つ時間に緊張を煽られて、見られているだけなのにシルフィアの胸は大きく上下した。

「――リューン、そんなに見ないで。緊張して、心臓が破れそうです……っ」

「あまりにきれいで、なんだか神罰が下りそうだ。私が、君を穢すような気がして……」

「穢す？　愛し合った者同士なら、神聖な行為だってリューンさま……リューンが言ってました。リューンは私を愛してくださってはいないのですか？」

神聖な行為なのか、罰せられる行為なのかわからなくなって、シルフィアは混乱した。確かに、あの秘めやかな行為は人目を憚るべき「いけないこと」だとは思うが……。

「私は、リューンと抱き合うと、穢れるどころか、自分がとても特別なものに思えます。色鮮やかになるというか、全部がきらきらして見えてすごく幸せなんです。リューンは、そうは思わないですか？」

リューンは驚いた顔で目を瞠り、次の瞬間にはくしゃっと笑み崩れ、シルフィアの唇をさらった。

「そうだね。私もシルフィアと愛し合うと、自分がとても特別なものに思える。そして、君がそう思ってくれることが心からうれしい」

彼はシルフィアの手を取って甲にくちづけると、何度も指を食んで、甘い指先をついばんだ。それがくすぐったくて、取られた手をリューンの頬に当てて撫でる。

「愛しているよ、シルフィア。ただ、その……女性は男を受け入れるとき、痛みがあるのだと聞いた。そんな痛みや傷を愛する人に与えて、いいものかと……」

シルフィアは菫色の瞳をぱちくりさせてリューンの躊躇う顔を見上げていたが、笑って彼の首の後ろに腕をまわし、抱き寄せた。

「そんなの、リューンが私を愛してくださっているなら、全然へイキです！　別に死ぬわけじゃないでしょう？」

横顔にキスをすると、彼は深緑色の瞳を細め、シルフィアにのしかかった。

そして、また唇を重ね合わせながら、舌先で唇をなぞったり、舌の先端でシルフィアの舌の表面をくすぐったり、深く吸ったりを繰り返す。

シルフィアも、もっと欲しいとねだるように口を開け、その中にリューンを誘い込んだ。

キスに夢中になっていると、下着の上からそっと胸のふくらみをつかまれ、やさしく握り潰された。でも、布越しではどこか物足りない。

そう訴えたいが、キスでふさがれてしまって声は出せなかったから、シルフィアは彼のたくましい胸に手のひらを当てた。熱い男の肉体をたくさんさわり、同じことをしてほしいと懇願する。

すると、リューンは唇を離して頬や喉、鎖骨を唇でたどりながら、シルフィアの肩からドレスを抜き、下着に手をかけ胸を露わにした。

「あ……っ」

指先が胸の先端に触れ、リューンの体温が直に素肌に伝わってくる。

大きな手で包み込むように乳房を愛撫されると、心臓が音を立てて鳴りはじめた。きっとリューンの手にも、この鼓動は伝わっているだろう。

すごく恥ずかしいけれど、彼の体温を感じているとそれ以上の幸福感に包まれる。

胸の頂に甘く歯を立てられて、ズクンと身体の芯が疼いた。でも、ずきずきと疼痛を訴えるのは、愛撫されている胸よりも、まだドロワーズの中にある下腹部だ。

胸を舐められ、舌で包まれて吸われると、胸よりもそちらのほうが熱くなってしまい、思わず腰をくねらせた。

秘部の奥がうずうずして、早く触れてほしくなったのだ。

「あ、ん……っ、借りたドレス、皺になっちゃいます……」

「ちゃんと洗濯して返すよ」

全部脱がして、早くさわってほしかったのに。そう目で訴える。

するとシルフィアの要望を聞き入れてくれたのか、無言のうちにスカートの中に手を這わせたリューンは、ドロワーズを膝まで下ろし、腿の内側を大きな手のひらで撫でた。

そうしながら胸の頂を口に含んで舌を蠢かすから、ぞくぞくと皮膚が粟立ってくる――。

「あぁ……」

我知らず、甘ったるい声が漏れた。でも、くすぐったさよりもじれったい快感が走って、リューンが触れるたびに女性の場所が熱くなっていく。

スカートの中の手がどんどん核心へ近づいてくると、シルフィアはリューンに抱きついたまま、その黒髪に顔を埋めた。

彼の匂いが身体の中に入ってきて、胸が高鳴る。その瞬間、指先がシルフィアの下腹部の秘裂にやさしく触れた。

「リューン……っ」

たちまちシルフィアの頬が期待で薔薇色に染まる。

指先が、隠されている蕾に触れただけなのに、全身に甘い快感が流れてきて、シルフィアはきつく目を閉じた。彼に抱きつく腕にも力が入ってしまう。

もう中はしっかり濡れていたが、リューンの指が侵入してくると、おなかの奥の方が熱くなって、どんどん蜜がこぼれ落ちてくる。

「リューンが、さわると……身体が溶けそう……」

「うん――シルフィアのここ、とても熱いよ。私の指も溶け出しそうだ……」

ゆっくり花蕾を擦られると、悲鳴に近い嬌声が勝手にあがる。シルフィアはスカートの中で膝を立てて開き、リューンの手を迎え入れるように腰を揺らしていた。

擦れ合うたびに、くちくちとねっとりした水に濡れた音がする。指先のほんの小さな動きとは裏腹に、身体中に大きな悦楽の波が起きるので、とても平常心ではいられなかった。

「あぁっ、は、ぁっ、すごく……気持ちいい……っ」

頭の中が空っぽになるほど強い感覚に、知らないうちに涙が出る。

リューンの指は、シルフィアの秘密の園をやさしく撫で擦る。そうしておきながら、喉や耳の後ろに舌をなぞらせて、唇を落としていくのだ。

そのたびに身体がびくびく震え、呼吸が乱れた。

シルフィアも彼のたくましい背中を愛撫し、厚みのある肉体を指に馴染ませながら、リューンの額に唇を押し当てる。

触れられる場所すべてが熱くて、気持ちよくて、彼の匂いに包まれていると幸福感の洪水に呑み込まれてしまいそうになる。

山を下りなければ、永遠にこの気持ちを知ることができなかったのだと思うと、リューンと出会えた奇跡を誰かに感謝したくなった。

ふと、リューンが宥めるようにシルフィアの腕を解き、身体を遠ざけて離れていく。

「……リューン？」

彼は穿いたままだった下衣を脱いだ。下穿きの中から現れたのは、彼の男の部分だ。やはり、何度見ても視線が吸い寄せられてしまう。

天を向く張りつめた塊を視界に収めると、いろんなドキドキ感が押し寄せてきた。

それが驚くほど硬くて、ひどく熱くて、シルフィアにとてつもない快楽を与えてくれることを知っているからだ。

途中まで脱がしかけていたシルフィアのドレスや下着も、リューンは彼女の身体から丁寧に剝ぎ取っていく。時折、愛しそうに、素肌にくちづけを残した。

すべてを取り払われると、下から現れたのは、彼への熱にしっとりと艶めく裸身だ。

ふんわりとふくらんだ双丘の頂は、彼を誘うように赤く熟れた色をしていて、淡い繁みはリューンに触れられていたせいで濡れ光っている。

じっと観察されると、恥ずかしくて胸を隠しそうになるが、リューンはやさしくほほえんでその手を摑むと、シルフィアにそっと跨った。

「奇跡のようにきれいだ、シルフィアは……。この肌に、私の痕を刻みつけても、本当に構わない？」

「そ、それはもちろん――リューンの痕なら、いくらでもつけてほしいです」

答えれば、リューンは目を細めてシルフィアの手の甲にキスをする。そのまま指を舐め、ベッドの上に縫いつけてしまうと、薄く開いた彼女の唇に重なってきた。

たくましい腕に背中を抱かれ、飽きることなく唇を貪り合う。

やっぱり、素肌で触れ合うのが好きだ。触れる場所だけではなく、全身が、心までもが満たされて、心地よさに恍惚とした。

物腰はやわらかで、どこか中性的に思えるリューンだが、こうして折り重なっていると、その身体の厚みやしなやかな硬さ、ずっしりと存在感のある重みに、自分とはまるで違う「男性」を強く感じる。触れる肩ひとつとっても、シルフィアの身体とは根幹から造りが異なっているのだ。

とても不思議だったが、きっとリューンも同じように思っているだろう。シルフィアの身体は彼に抱きすくめられると、すっぽりと腕に収まってしまう。

「シルフィアの身体は華奢で、下手をすると壊れてしまいそうだな……」

しみじみとリューンが言うので、やはり同じことを考えていたのだとうれしくなった。

「大丈夫です、私、こう見えても頑丈ですよ。ツァイルの尻尾に撥ね飛ばされても、崖から落ちても、怪我ひとつしませんでした」

「……」

リューンは無言で青ざめたが、にこにこ笑うシルフィアを見ると、赤みの差した頬にキスをくれた。

「君の子供の頃が想像できるよ。さぞ元気に走り回って、オジジさまたちをはらはらさせたんだろうね」

「リューンは違いますか？」

「私は……また今度話すよ。昔話をする時間は、これからいくらでもある」

言いながら彼の手がシルフィアの肌をなぞり、再び蜜の泉に触れた。

「んっ」

秘裂の中で小さく震える蕾を指全体で押し潰され、やさしく擦り上げられる。

シルフィアは立てた膝を大きく開いて、吐息をつきながらリューンにしがみついた。気持ちいいけれど、怖くなってしまうほどの性感に煽られて、身体が暴れ出しそうだ。

彼女の小さくくぐもった悲鳴と、リューンの乱れた呼吸が重なり、ベッドの上は濃厚な空気に包まれた。

——やっぱりこれは「いけないこと」だ。ふたりだけの、重大な秘密。

息をつくようにどちらからともなく唇を離すと、お互いの熱っぽい瞳に出会った。

リューンは弾む呼吸を整えようとしているが、彼の指に秘所を捉えられているシルフィアは、口許に手を当てて下腹部を弄られる快感に震え、睫毛を揺らす。

「あ、あぁっ！」

見えていなくても、リューンの指が彼女の零した蜜で濡れているのがわかる。そこから聞こえてくるのは、シルフィアが貪欲に彼を欲する音だ。

はっきり聞こえてくる水音に、羞恥心を煽り立てられて頬が染まる。

「中、さわるよ」

子種を注ぎ込む場所として教わった部分に、彼の長い指が入ってきた。内側を指で擦られ、異物感に腰が浮いてしまう。

昨日、シルフィアの部屋でも同じことをされたけれど、あのときよりもずっと、リューンに触れられている感覚が強くなっている気がする。異物感よりも、その奥に隠れている心地よさがちらついて……。

指を中でくにくにと動かしながら、リューンは手のひらをシルフィアの濡れそぼった割れ目に押しつけて揺らした。

「いや……リューン、いや……っ」

シルフィアの中を探るリューンの腕をつかんで、シルフィアは懇願する。

「痛い?」

「違うの……気持ち、いいけど……身体が——どうにかなっちゃい、そう……っ」

この感覚は昨日も味わった。この先に目が眩むような甘い疼きが襲ってくることも知っていたけど、そこへ到達するまでが不安でたまらなかった。

しかし、リューンの手は止まることなくシルフィアの弱い場所を責め立て、揺れる胸にくちづけをする。尖った先端を舌で転がし、痛みのない程度に甘く歯を立てて。

「は、——あ、ぁあ……っ!!」

たちまち全身が硬直して、夢の中をさまよっているような浮遊感に襲われた。昨日、リユーンの硬いもので擦られたときと同じだ。

頭の中はふわっとするのに、身体は強張る。でも、甘い痺れが秘所からじんわりと全身に広がって、胸が熱くなる。

そう、この感覚をもう一度味わってみたくて、リューンに「いけないこと」をお願いしたのだ。途中で怖くなってしまったのは想定外だったが……。

リューンの唇が胸から離れても、シルフィアの意識はぼんやりと波間を漂ったままだった。まるで、時間においていかれてしまったような感覚だ。

でも、ふっと我に返ると、呼吸が荒くなって息苦しいほどだった。肩も胸も激しく上下して、ちっとも整いそうにない。

「——大丈夫？」

シルフィアの荒っぽい呼吸を聞きながら、リューンが心配そうに髪を撫でてくれる。

「大、丈夫……です。びっくりするくらい、気持ちよくて……」

呼吸が整うまでリューンが抱きしめていてくれたから、甘えるように彼の胸に頬ずりした。人肌のあたたかさに、うっとりしてしまう。

「ねえ、シルフィア……君の中に、入ってみてもいい、かな」

ぽつりと言われて、シルフィアは閉じかけの目をぱっちり開き、リューンを見上げた。

それはつまり……。

「子種を、注いでくださるということ、ですか……?」

思わず確認してしまうと、リューンは苦笑してシルフィアの髪を手に取った。

「子供ができるかどうかはわからないけど……君の中に、入りたい……」

彼女に寄り添ったリューンが視線を落とした先に、隆々と立ち上がる男性のものがある。

「は、はい……! 私が、ずっとお願いしていたことですし……でも、子供ができるかは、わからないのですか?」

「種は必ず芽吹くわけではないらしい。それこそ、神からの授かりものだからね」

「そ、そうなんですね……」

リューンは、昂りを抑えるように大きく息をつくと、シルフィアの背中に大きなクッションを宛てがい、その白い脚を広げさせた。

一瞬、身体に緊張が走った。男性を受け入れると——つまり、その硬いものをシルフィアの体内に挿し入れると、痛みがあると言われたからだ。

大丈夫だと言ってのけたが、未知のことなので、いざとなるとすこし怖くもあって……。

「ゆっくりするから……」

脚の間に入り込むと、リューンは硬い性器を手でつかみ、挿入場所を探すようにシルフィアの秘裂に押し当てる。

「ん……っ」

あられもなく開いた脚の真ん中に、リューンが入ってこようとしている。息を詰めてその様子をじっと見守っていたが、さっき指で擦られた場所にリューンの硬いものが分け入ってくる感覚があると、反射的に呼吸を止めた。

「挿れるよ……」

「はい……」

少しずつ、リューンの身体の一部が自分の中に入ってくる。それを見た瞬間、突然恥ずかしさに襲われ、指で目を覆った。

愛液にまみれた秘所と、リューンの筋張った熱塊が重なっているのが、とてつもなく卑猥に見えたのだ。

種の受け渡しが、こんなにも羞恥を煽り立てられる行為だったなんて……！

でも、怖いもの見たさで、指の隙間からちらちらと見てしまう。

何も知らなかったとはいえ、リューンに何度もそれをせがんでいた過去の自分を、今すぐ黙らせに行きたくなった。

（オジジさまたちも、ちゃんと教えてくれればよかったのに！）

もし、見知らぬ男性にこんなことをされていたら……そう思うとぞっとして、リューンの腕をつかんでいた。この人に助けてもらえて、本当によかったと心から思う。

「やめようか？」

シルフィアはぶんぶんと左右に力強く頭を振った。

「違うの。私、リューンが大好きです……」

唐突な告白に目を丸くするも、リューンはさらに奥へと侵入を深めてきた。

「私も、シルフィアが大好きだよ」

だが、固く閉じられたシルフィアの中は、まるで抵抗するようにそれを止めた。そのひっかかりが、微かな痛みをもたらす。

声は何もあげていないが、リューンが心配そうにシルフィアの顔を覗き込む。互いに初めてのことで、緊張感が凄まじかった。

心臓が大きな音を立てていて、恥ずかしいくらいだ。

「……なんだか、ヘンな気持ちです……」

「耐えられそうになかったら、正直に教えて」

こくこくうなずくシルフィアの身体に覆いかぶさると、リューンは深くくちづけてシルフィアの意識をこちらに寄せ、さらに深く突き込んだ。

シルフィアの身体を貫く行為に、彼の心臓もドクドクと脈打っているのが聞こえる。

「……っ」

舌を絡め合うも、下腹部の刺すような痛みに気を取られた。

でも、狭い場所を切り開いて入ってくるものが熱くて、シルフィアの身体はそれを呑み込みながら締めつけた。

膣がひくひく蠢いて疼痛を感じるが、耐えられないほどではない。

「んっ……ぅ……っ」

リューンは息継ぎをするように唇を離すと、彼女の腰を撫でて落ち着かせてくれた。

でも、喉の奥で吐息をつく彼の眉根にも深い皺が刻まれ、シルフィアと同じく何かに耐えているみたいだ。

「リューンも……痛い？」

「違うよ。ただ、シルフィアの中が気持ちよすぎて、怖くなる……いくよ」

睫毛を震わせて彼の腕にしがみつくシルフィアを見下ろし、彼女の膝裏を持ち上げると、深緑色の瞳を霞ませながら最奥めがけて彼自身を押し込んだ。

「あ――っ」

何かが裂けたような、ツンとした痛みが走った。痛みと熱が混じり合って、意識のすべてがそこに向かう。

リューンの身体にしがみつきながらそっと様子をうかがったが、リューンと触れあう部分のすべてがとにかく熱くて、肌に汗が伝い落ちた。

「痛みは、ある？」

「すこし……ずきずきしますけど、そんなに痛くないです。リューン、あの。今、これって、私たちの身体、つながってるんですか……？」

「そうだよ。全部、奥まで」

そう言って彼が上体を起こし、つながっている部分をシルフィアに見せた。

ふたりの繋みが重なり合い、ぬらぬらと濡れ光る部分が生々しくシルフィアの視界に飛び込んでくる。

「…………」

しばらく黙ったままその淫靡な光景をみつめていたシルフィアだったが、とたんにカァッと頬を火照らせ、顔を手で覆ってしまった。

「た、種の受け渡しって、本当に、こんなことを……」

リューンは苦笑したようだが、すぐにそれを振り払うと、つながりあったままシルフィアの身体を抱き起こした。そして、膝の上に跨らせたのである。

さっきよりも生々しく結合部が見えてしまい、シルフィアはリューンの胸に顔を埋めて視界をふさいでいた。

「たぶん、こうして何度も身体を重ねていくうちに、痛みはなくなると思う。それまでは無理しないでおこう」

小さく震える彼女の身体を抱きしめてくれるリューンだが、呼吸は乱れ、その声は情欲のせいか、すこし掠れているように聞こえた。

男性の身体のことはあまりよくわからないが、昨日、彼が子種をシルフィアの腹部に放ったのは、こうして愛し合って気持ちよくなった後だった。

でも今日のリューンは、彼女のように気持ちよくなってはいないだろう。

「つながったまま昨日みたいに動いたら、男の人も、気持ちよくなりますか……？」

「それは、そうだけど、シルフィアが痛いなら」

「私は大丈夫です！　だから、お腹の中に……子種、ほしいです……」

彼のしっとり汗ばんだ裸の胸にくちづけ、舌を這わせる。リューンにそうされたことを真似て舐め、吸いついて、鍛え込まれた胸や肩、背中に手を滑らせた。

すると、リューンの弾んだ鼓動が聞こえてくる。シルフィアがどきどきするのと同じく、彼も胸を高鳴らせてくれるのだ。

「シルフィア」

名を呼び、リューンの手が彼女の顎をすくってくちづける。舌でたくさん絡まり合って、唾液を交換し、存在そのものを呑み込むように貪欲に求め合う。

そうしていくうちに、彼の力強い手に背中を支えられてベッドに横たえられると、リューンが鋭く穿つ棘で、シルフィアの中を突き上げはじめた。

「は――、ぁっ」

ピリリと痛みが弾ける。

でも、リューンが理性を手放して、誘われるままにシルフィアを征服していく強引さに、喜びを確かに感じている。

いつだって理性的で落ち着き払っているリューンが、彼女の身体に没頭し、夢中になってのめりこんでくれる。そんな彼に与えられる痛みが、なぜかうれしかった。

痛いはずなのに、それさえも喜びで満たされていく。

「リューン、リューン……」

彼の心をつなぐように名前を呼ぶと、痛みも意識の向こうに拡散されていく。

たくさんのキスと愛撫に溺れて痛みが擦り切れていく頃、ふたりの吐息が交錯するうちに、またあの浮遊感がやってきた。

「あ……リューンっ」

どこかに流されてしまわないために、リューンの背中にきつく縋りつくと、彼も甘く乱れた呼吸をこぼして、シルフィアの華奢な身体を腕の中に閉じ込める。

「ぁあっ、やっ、もう――っ」

「シルフィア……！」

身体の内に咥え込んだ彼の熱が、中で弾けた。

＊＊＊

恋人たちが甘く睦み合う邸の上空には、暗黒の空にぽっかり空いた穴のように、丸くてまぶしい月が浮かんでいた。

夜だというのに、月光はまるで昼間みたいに辺りを明るく照らしているのだ。思いがけないまぶしさを宵っ張りの人々が仰ぎ見る。

そのやわらかな光を受けて、大地に根付く緑は輝き、夜を糧にする生き物たちがにぎやかな鳴き声を奏でた。

だが、時間とともに月は翳り、次第に月明かりは暗闇に沈む。

空には、雲などひとつも浮かんでいないのに――。

【つづく】

あとがき

こんにちは、悠月彩香《ゆづきあやか》です。

本書をお手に取っていただきまして、ありがとうございます。

ティアラ文庫さんで初めて本を出していただいたのが、ちょうど二年前の十一月なんですが、同じ月に、長編をシリーズとして刊行していただけることになりました。

そうなんです、来月には二巻が出るのです。二ヶ月連続！

これを書いている自分がびっくり……。

おまけに、二年後の世界がこんな大変なことになっているのもびっくりです……。

本作は、竜の棲む山で育ち、物知らずゆえに非常識な言動で街の人々（おもにヒーロー）を混沌に陥れる、元気いっぱいの美少女と、ガチガチきまじめ騎士公爵さまのドタバタっぽいお話です。どちらが指南されているのか、ぜひご確認を（笑）
そして、「竜騎士」のタイトルに恥じないよう、竜も竜騎士も活躍します。
シリーズとはいえ、巻ごとに違うテイストの物語になっていますので、「長編！」と気負わずにお読みいただけます。
閉塞感に満ちた世の中ですので、物語の中だけでも、空を飛ぶ爽快感を味わっていただけましたら。

イラストはシリーズすべて、コトハ先生が担当してくださっています。

なんて繊細で美しい……!!

もうもう、本当にイラストがピタッとイメージ以上にはまっていて、ヒロイン、めちゃくちゃかわいいのです!

堅物なヒーローがコロッと射止められるのもむべなるかな。

コトハ先生、次巻以降もどうぞよろしくお願いいたします!


今回はコロナ禍で、執筆が本当にままならず四苦八苦でしたが、いつも褒め倒してくださる担当様のおかげで、無事に書籍の形にまとめることができました。感謝に堪えません。

また、この大変な情勢下でご尽力くださった関係者の皆さま、ありがとうございます。

そして、いつもお読みくださる読者さま、今回、初めてお手に取ってくださった読者さま、本当にありがとうございます。

次巻でもまたお目にかかれましたら!

すべての皆さまがこの困難を無事に乗り切って、平和な日常があたりまえに戻ってきますように。

Illustration Gallery

きまじめ竜《りゅう》騎《き》士《し》の子《こ》作《づく》り指《し》南《なん》①

ティアラ文庫をお買いあげいただき、ありがとうございます。
この作品を読んでのご意見・ご感想をお待ちしております。

✦ ファンレターの宛先 ✦
〒102-0072　東京都千代田区飯田橋3-3-1
プランタン出版　ティアラ文庫編集部気付
悠月彩香先生係／コトハ先生係

ティアラ文庫&オパール文庫Webサイト『L'ecrin《レクラン》』
https://www.l-ecrin.jp/

著者――悠月彩香（ゆづき あやか）
挿絵――コトハ
発行――プランタン出版
発売――フランス書院
〒102-0072　東京都千代田区飯田橋3-3-1
電話（営業）03-5226-5744
（編集）03-5226-5742
印刷――誠宏印刷
製本――若林製本工場

ISBN978-4-8296-6919-8 C0193